「還暦」を考える

—人生の節目にどう向き合うか—

橘田重男 著

大学教育出版

プロローグ

それは生まれてから58年11か月、人生初の入院で気付いてしまった。それまでの私は健康体そのもので、病気や事故とは無縁だったのです。私の入院を、家族や知人は「青天の霹靂」や「鬼の霍乱」と言っていました。当の本人はもうどうしようもない動揺を隠せない中、尿管結石による入院手続き書類に年齢「58歳11か月」と書いたその時、「あと1年ちょっとで50代を終えて還暦になるのか」とハッと思ったのです。それは今の加速度からすると「あっという間」のことだろうと直感しました。その後は、もしそうならば、「いい歳になるのに、これまでの半生はどうだった

のか」「今の自分はこのままでいいのか」「還暦、それまでに何をしておけばよいのか」「何をこそしなければならないのか」などと、急にさまざまな思いが焦りとともに駆け巡ったのです。しかし、ここであたふたしてもどうにもならないので、いったん落ち着いて考えてみることにしました。そこで、まずは現在の自分自身の立ち位置を確認し、ありのままの自分を受け入れること。その上で、これまでの歩みを振り返り、その時々の思いを整理することが大切ではないかと思い直しました。できれば、今後の還暦以後のことも踏まえながら、自分なりの半生の総括をするよいタイミングではないかと感じたのです。

偶然にもその1か月後のサラリーマン川柳の発表で「還暦はゴールじゃなくて通過点」という入選作品を目にしました。この川柳は、まさに還暦の現実の姿を読んでいます。通過点と言っても、スタートからどの位までの地点に来ているのか、ゴールはどの位先にあるのか、走歴39年の長距離ランナーの視点からも、ぜひ、知りたいところではあります。

また、その1か月後の2月23日は1回目の令和天皇の誕生日による祝日になりました。

ちょうど還暦60歳を迎えられた新天皇はインタビューに対して、「もう60歳ではなく、まだ60歳という思いです」と答えておられました。国の象徴としての新天皇も、残りの半生の責任と時間の長さを踏まえての発言に、覚悟を感じました。1学年下の私たちも新天皇とともに令和の時代を歩んでいくことになります。

前述の川柳の通過点後は、長い老後が予想されます。言い換えれば、余生のこと、引き続き抱える安心できない諸々の要素を含んでいるようにも思えます。いずれにしても還暦が「人生の大きな節目」であることは確かです。そこで、私に今できることは、還暦を意識し迎える人の代表として、そうした思いを言葉に綴り、文章にして、私と同世代の人々や50歳前後になり還暦への不安を感じている人々、還暦は過ぎたけれども、自分にとってどんな意味があったのか振り返りたい人々などに向けた何らかのメッセージになればありがたいことと思うようになりました。その理由の1つに、「還暦」のキーワードが入ったタイトルの本が少ないことです。私も参考になりそうな本を探す中で、「定年後の○○」「退職後の○○」「50歳からの○○」「60歳までの○○」などのタイトルが入ったものは比較的多くありました。年齢的には還暦前後10年位を範囲にしていますが、ズバリ「還暦」

がタイトルの本があっても良いのではと思ったのです。また、内容的にも、退職後や老後に備えた60歳までにやっておくべきノウハウものや、年金をはじめとする老後の金銭的な指南をするものがほとんどでした。特に多いのが、「還暦からの○○」で、○○にはスポーツ（ゴルフ・登山・筋トレなど）や初・再挑戦（学問・留学・海外旅行・お遍路・露天商・農業など）とさまざまな分野へのチャレンジを提案しています。この機会に自分に合った分野での新境地開拓も生きがいになるかもしれません。しかし、現実問題としての日常の実生活をどうしていくかという課題はありますが、夢を持ちながらもその生身の人間としての当事者の複雑な気持ちに寄り添ったものが、私自身欲しかったのです。

「還暦」それは、同じ時間の経過としての60年間であっても、その中身から受け止め方は人それぞれで、一人一人が違う「特別なもの」「あなただけのもの」「かけがえのないもの」です。60年の道のりは、まさに、その人の「生きた証」なのです。中には、万事、それまで順風満帆な人もいるでしょう、私のように危うい波瀾万丈の人もいるでしょう。私とは比べものにならないくらいの修羅場をいくつも乗り越えて来た、心からの尊敬に値する人も数多くいるでしょう。いずれにしても、その60年はかけがえのない日々の生活の積み重ねであり、その人の生き様そのものであるのは確かなことです。少なくとも還暦の世代が若者に勝ることは、60年の蓄積としての「かけがえのないたくさんの経験と大切な思い出」を持っていることです。それらはうまくいった成功体験や笑顔溢れる楽しい思い出よりも、むしろ、今思い出しても冷や汗が出る失敗や、忘れたくても忘れられない苦く辛い思い出の方が多いように感じます。私も後者のような「穴があったら入りたい」失敗や顔が紅潮してしまう恥の出来事が数え切れない程あります。本書においても、私自身が大恥をかくのを覚悟の上で、自身の半生の拙いエピソードや失敗談を織り交ぜながら綴ります。近い将来に控える60歳還暦について切実に改めて考えてみたいと思う皆さん、この先、いつか迎える還暦に関心を持ち始めている皆さん、還暦をすでに乗り越えたが改めて還暦について振り返りたい皆さんに向けて発信します。考えようによっては、人生の一通過点に過ぎない60歳還暦ですが、やはり人生の区切りとしての「されど還暦」なのです。できるだけ生きるヒントや勇気に繋がるような内容を目指して私なりの思いを綴りました。共感しながらも一緒に考える機会になれば嬉しい限りです。

文中の内容に関連した「諺」がある場合は、その都度、取り上げます。また、その他は節末にまとめて紹介します。諺は、私の文章に加えて、より実感が増し、説得力があると思われるので参考にして下さい。なお、私は１９６１年1月生まれですが、同学年の人は１９６０年生まれが多いので、私の同世代を区切りの良い「１９６０年生まれ同学年」として、通して使用します。

還暦を考える

――人生の「節目」とどう向き合うか――

目次

還暦を考える

―人生の「節目」とどう向き合うか―

第1章　そもそもの「還暦」の意味

1　還暦の由来

日本には古くから「長寿祝い」の慣習があります。知られているものは、本書のテーマでもある「還暦」をはじめ、77歳の「喜寿」、88歳の「米寿」、99歳の「白寿」などがあります。その還暦は、長寿祝いの最初の年齢になります。長寿の区切りの始めに還暦があることは、ある意味、人生の大きな節目で重い意義があるようにも感じます。その他の長寿祝いを加えて以下に紹介します。

【長寿祝い】

【還暦（満60歳・数え年61歳）　緑寿（66歳「66＝緑緑から」）　古希（70歳「杜甫の人生七十古来稀なり　に由来」）　喜寿（77歳「喜の草書は七が重なることから」）　傘寿（80歳「傘の漢字をくずすと八十にみえることから」）　半寿（81歳）　米寿（88歳「米の漢字を分解すると八十八になることから」）　卒寿（90歳「卒の略字が九十に見えることから」）　白寿（99歳「白の漢字に一をたすと百の漢字になることから」）　百寿（１００歳）　茶寿（１０８歳）　珍寿（１１０歳）　皇寿（１１１歳）　大還暦（１２１歳）】

１２１歳まで長寿祝いがあるとは驚きですが、現代よりも寿命の短かった時代では、「長寿」への憧れや願いが強かったことが窺えます。それゆえに、各地方でさまざまな長寿祝いの風習が残っているようです。１００歳以上の長寿者は、「仙人」的な存在だったようにも想像できます。私の親戚の伯母に、めでたく「白寿」99歳を迎えた方がいます。私の親族では最長寿です。現在は老人ホームに入居していますが、目が悪くなっている以外は、健康です。慰問の際には、伯母から元気な声で話しかけてきて、話も途切れません。日頃、話し相手の少ない反動なのかなあとも思いながら、毎回その元気さに圧倒される程です。その伯母から毎回尋ねられる話題は、地元地区の亡くなった人の情報です。伯母より年下の名前を聞いて、寂しがります。前回行った時に、私の母から「おばちゃんが一番上になったよ」と聞かされた伯母は、複雑な気持ちを打ち明けました。次回は、「白寿」99歳のお祝いの会をする約束をしてきました。この先、できる限り、伯母の長生きパワーにあやかっていきたいと思っています。

還暦の由来は、中国の殷の時代に遡ります。「干《かん》」は木の幹を意味しています。

【十干《じっかん》】

【甲《きのえ》　乙《きのと》　丙《ひのえ》　丁《ひのと》　戊《つちのえ》　己《つちのと》　庚《かのえ》　辛《かのと》　壬《みずのえ》　癸《みずのと》】

「支《し》」は木の枝を意味しています。十二支が十二か月の各月の特性を示すのと同様に、一日の十二刻（時間）の特性を示しています。また、十二方位の特性も示しています。

【十二支】

【子《ね》 丑《うし》 寅《とら》 卯《う》 辰《たつ》 巳《み》 午《うま》 未《ひつじ》 申《さる》 酉《とり》 戌《いぬ》 亥《い》】

「十干十二支」の組合せは、１２０通りありますが、陰陽五行説により、陰と陽は相反するため、陰と陰、陽と陽同士でしか結び付きません。そこで半数の60通りの「六十干支」になります。私が該当する「辛丑（かのとうし）」を例に挙げてみますが、その一つひとつには深い意味があるようです。

辛＝もともとは「新（あたらしいの意）」と同語で、草木が枯れ果てて、新たに芽吹くための準備をしている状態を表している。

丑＝旧暦12月。丑は紐（ひも・からむの意）で、萌え始めた芽が種子の中でまだ十分に伸びていない状態で春を待つ様を表している。

ここでは、他の干支は紹介しませんが、60通りすべてに意味があります。皆さんもこの機会に、自分の生まれ歳の干支とその意味を知っておくのも良いかもしれません。関心のある方は、ぜひ調べてみて下さい。

【干支《えと》】＊読み方は、前述の十干と十二支の読みを続けたものになります。

【1甲子　2乙丑　3丙寅　4丁卯　5戊辰　6己巳　7庚午（＊１９３０年生まれ→１９９０年還暦）・（＊１９９０年生まれ→２０５０年還暦）　8辛未　9壬申　10甲戌
12乙亥　13丙子　14丁丑　15戊寅　16己卯　17庚辰　18辛巳　19壬午　20癸未　21甲申　22乙酉　23丙戌　24丁亥　25戊子　26己丑　27庚寅　28辛卯　29壬辰　30癸巳　31甲午
32乙未　33丙申　34丁酉　35戊戌　36己亥　37庚子（＊１９６０年生まれ→２０２０年還暦）　38辛丑（＊著者）　39壬寅　40癸卯　41甲辰　42乙巳　43丙午（＊ひのえうま）
44丁未　45戊申　46己酉　47庚戌　48辛亥　49壬子　50癸丑　51甲寅　52乙卯　53丙辰
54丁巳　55戊午　56己未　57庚申　58辛酉　59壬戌　60癸亥】

上記の60通りの干支が一巡りして、60年で再び生まれた年の干支に戻ることから、「本卦《け》がえり」とも呼ばれます。生まれた歳の干支から一巡りして実際に戻る時は、数えの61歳になります。還暦は長寿祝いの習慣で、日本古来の伝統的行事でもあります。かつては還暦を迎えるのは珍しいため、盛大にお祝いをしたようです。還暦祝いには、赤い頭巾、赤いちゃんちゃんこや座布団を贈る習慣があります。かつて、20年以上前になりますが、長嶋巨人軍名誉監督が還暦祝いで、赤ずきんに赤ちゃんちゃんこを着た映像が印象に残っています。この慣習の由来は、「魔除けの意味で産着に赤色が使われていて、還暦は生まれた時に帰る」ことからで、61歳が男の大厄の歳にあたり、「縁起の良い赤のちゃんちゃんこを厄除けとして着る」とも言われています。今後のますますの長寿を願うのにふさわしいものだったのです。「だったのです」と過去形にしたのは、現在では平均寿命も延び、61歳ではまだまだ若々しい人が多く、年寄り扱いされるのを喜ばない傾向もあります。そういう私も、来年、赤いちゃんちゃんこをお祝いにいただいても複雑な気持ちになると思います…。

近年では、赤いちゃんちゃんこの代わりに、記念に残るものや実用的なものなどを贈ることが増えているようです。プレゼントとして、名前入り「記念祝い酒」も人気だそうです。また、テーマ「60歳の自画像」として、還暦記念写真を企画している写真館もあります。このようなプレゼントも見られるものとしての記念になるでしょう。極めつけは、還暦女性向けのプレゼント「赤いバラ60本」（約1万円相当）で、おしゃれで喜ばれるのでは。どんな物でも、その人ならではの記念品は嬉しいことでしょう。今の私なら、走力ダウンの救世主としてのランニンググッズ（例えば現在話題となっている「高性能厚底マラソンシューズ」「魔法の膝サポーター」）になるでしょうか。

しかし、還暦を大上段に構えないまでも、人生における特別な節目として、また年齢の区切りとして心のどこかで意識しているものです。それをどう捉えるかは、個人に任せる部分かとも思いますが。前述のように、還暦は巡って戻るという儒教の思想に由来していますが、この発想は西洋にはないもので、例えば「還暦」の英語訳は「60 th birth day」（60回目の誕生日）となります。巡って戻るのではなく、1年1年の誕生日の積み重ねで、20歳、40歳、60歳を迎えることになります。この点では60歳が特別な意味は持たないようです。洋の東西を問わず、いずれにしても還暦は60年生きた証であることは明白な事実です。とにかく60年間、生きながらえたことに感謝せずにはいられません。自身の身体・精神、家族の支え、職場をはじめ自分に関わってくれた多くの周囲の人々に、感謝の言葉しかありません。「本当に長い間ありがとうございました！」

2 「厄年」と還暦との関係

日本には「厄年」という年齢による「厄よけ」の慣習があります。日本各地に「厄払い」の風習も残っています。厄年は「災いに遭いやすく、忌み慎むべきものとされる年齢」を指します。陰陽道によるもので、次の年齢（数え年）があたります。

【厄年】
〈男性〉25歳　前厄41歳　42歳（大厄）　後厄43歳　61歳
〈女性〉19歳　前厄32歳　33歳（大厄）　後厄34歳

大厄の年齢では、生活習慣病や「不定愁訴」にかかりやすい時期になりますが、「災いが起きる」と不安になるよりも、健康管理に努めたり新たな目標を定めて取り組みを始めたりする機会と捉えたいところです。男性の大厄は42歳で「死に」から、女性の33歳は「さんざん」からで不吉とされています。私の知人が大厄の歳に体調を崩し、働き盛りに亡くなってしまう悲しい出来事がありました。私よりも立派に生きていた人だけに残念です。仕事はもちろん、家庭や子育てに加えて、地域社会の役職をこなし、友人関係も大事にしていました。私から見ると、すべてに力を抜かずに頑張り過ぎていたのでは、と心配する程でした。彼の道半ばでこの世を去る「無念さ」は、一方ならぬものだったと思います。その後、奥様が父親代わりもして、3人の子どもを立派に育て上げました。

新聞のおくやみ欄で、時々、男女問わず、大厄の年齢での訃報を目にすることがあります。人生これからという時なので心からお悔やみしますが、大厄には何かの因縁めいた部

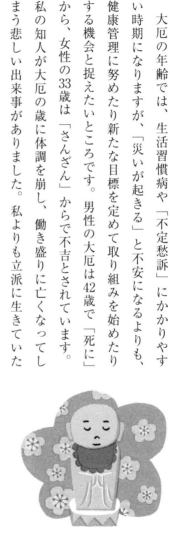

分があるように思えてなりません。厄年の中で、男性数えの61歳が還暦と一致しています。これは偶然なのか…。偶然ではないような気がします。後でふれる従来からある「定年退職」の年齢です。現在は「働き方改革」の流れで、定年後も再雇用・再任用の動きはありますが、ここでは置いておくことにします。多くの人は、定年まで、高卒なら約42年間、大卒なら約38年間働き続けてきています。ここで退職し、生活環境が大きく変化します。それまでの仕事も肩書きもなくなり、家庭で過ごすことが多くなります。かつての主婦の名言「亭主元気で留守がいい」の現実がなくなります。多くの人生指南本で紹介されているように、趣味や道楽のある人や地域の役割を持っている人などは、それに取り組む時間が拡大して大歓迎ムードになりますが、その逆の人にとっては、時間を持て余すことになりかねません。家族への影響、特に奥さんとの関係は微妙になることが予想されます。私も近い将来、そうした境遇になるので、今のうちから家内に退職後のシュミレーションを相談したり、「引き続き宜しくお願いします」のニュアンスで謙虚な姿勢をアピールしたりしています。

厄年に戻ると、そうした環境や生活の変化によって、何らかの「災い」を持ち込む心配が多分に募るのです。特に健康については要注意です。見た目で分かるメタボリック症候群に加えて、内蔵や血管系をはじめとする病気、勤務で気の張った生活から解放されたゆえの精神疾患など、心配される要素は多々あります。事実、新聞のおくやみ欄で、定年退職直後の厄年61歳での訃報をよく目にします。立派に職務を全うし、めでたく退職を迎えた後、間もなく亡くなられる場合が多いのです。加えて前厄の60歳と後厄の62歳も要注意と言われています。この切り替えの危機をどう乗り越えられるか問われる時期なのです。

甲府市湯村にある塩澤寺では、「厄除け地蔵尊大祭」が開催され、２月13日正午～14日正午の24時間だけ「耳を開き」願い事を聞いてくれると言われています。例年、近隣や遠方から厄年にあたる多くの男女が訪れ、本尊の右手とつながっている紅白の綱を揺らして、厄除けをします。私も42歳大厄の年にお参りし、次の61歳還暦でも、同級生と一緒に必ずお参りするつもりでいます。また、２月３日の節分では、全国各地の神社や寺で、「福は内！　鬼は外！」と、豆まきが行われます。豆を投げるのは、その年の年男・年女を中心に、厄年の人や還暦を迎えた人が多いようです。投げられた福（豆や縁起物など）を受け取った人は、その年、無病息災になるという言い伝えがあります。皆さんの地元にも「厄除け祭り」のような伝統行事が案外残っているものです。事前に調べて、冬の寒い時期ですが、気合いを入れて出かけてみてはいかがでしょうか。その気持ちがきっと厄除け祈願につながることと思います。

「苦しい時の神頼み」
「信心は徳の余り」

第2章　還暦をめぐる変化

1　還暦と「年金生活」

59歳誕生日から1週間後、「ねんきん定期便」の封筒が届きました。その見出しに「節目年齢59歳」と書かれていました。確か、年金受給年齢前に何回か、「ねんきん定期便」が届く年齢があったことを記憶していましたが、その一つが今回だったのです。「年金なんてまだ

まだ先の話でしょう」と50代前半までは気軽に考えていましたが、私の学年は64歳から受給該当年齢になっているのです。それは今からわずか5年後です。遠い将来ではなく、ごく近いことという印象に変化しました。今では「年金について真剣に考えておかなければ」と思っています。家内とも折に触れて年金の話をするようになりました。それもここ3年前くらいからです。それは、56歳の時、S生命保険会社の受取期間を延長してきた「積立年金」が満期になり、57歳から自動受取となりました。「年金」とつく名前の現金で年間一括支払いの30万円程度ですが、選択の余地なく受け取ることになっていたのです。私の中では、「まだ当面、年金は受け取る時ではない」と思っていましたが、いざ受け取ってみると、いよいよ「年金生活〈序章〉開始」という気持ちになりました。しかし、当面、そのお金には手を付けない覚悟を決めています。今では「ねんきん定期便」をはじめ、年金関係の資料・パンフレットに書かれている内容にマーカーで線を引きながら、舐めるようにじっくり読み込んでいます。そうしないと、それまでは他人事のように受け止めていた年金の実際の内容を理解できないままでいたからです。また不利なことにでもなればもったいないからです。その中で、「年金加入期間」の数字には感慨深いものがあります。私の場合、「地方公務員厚生年金」として、山梨県内の公立小学校勤務「３００月」と区切りの良い数字でした。25年間の勤務でした。改めて計算すると、確かに「25年×12か月＝３００か月」になりますが、月に換算すると長いような長くはないような、不思議な印象を持ちました。当時は、転職も考え始めていて、縁があるまで、とにかく「１つの職業を四半世紀25年やって一人前に近づく」という思いでやり通そうと考えていました。その後、転職して大学勤務「私学共済厚生年金」に本年度末で加入11年になります。これで「11年×12か月＝１３２か月」になります。今後、健康状態が保たれ、問題が起きなければ、現在の業界の定年65歳まで、残り６年働き続けるつもりです。その場合、私の定年までの生涯勤務42年とすると「42年×12か月＝５０４か月」のトータルになります。この数字を目の当たりにすると、改めて感慨深い思いになります。

年金を説明するパンフレットの最後に、最近のニュースで報道されていた内容が書かれていました。その見出しは「65歳からの年金の受給開始を遅らせると年金は増額できます。〈70歳で最大42％ＵＰ〉」でした。テレビ番組のコメンテーターが、「数字のマジックにごまかされないように」と言っていましたが、一見「人生１００年時代」に向けた明るいキャッチフレーズのようですが、鵜呑みにできないものです。裏付けデータのグラフが示され、66歳から増額開始で、右肩上がりのラインが強調されています。その下の注釈には、「ご自身の生活設計に合わせて選択できます。65歳を過ぎても別に収入がある方は、受給開始を遅らせるという選択も可能です」とあります。受給開始延期を煽るとは言わないまでも、「オススメ」するようなニュアンスです。その横には、こんなデータが示されていました。

【人の余命】
65歳の人の平均余命
男性19・57歳（84・57歳）
女性24・43歳（89・43歳）
＊現在の余命からの換算

「余命」を出してまでも、70歳受給開始を勧めたいのかと、違和感を覚えましたが。

私の場合、幸い70歳で健康に働いていたとしても、65歳から年金を受け取りたいと考えます。せめてもの思い（強引な国の方針への反抗心など）から、開始年齢の64歳から1年先送りした65歳から受け取り、70歳まで先延ばしはしません。断言します。若さや元気さの見栄を張らずに、ましてや経済的なお金の余裕のプライドなどアピールはしません。現職の定年65歳を区切りにしたいと思います。実はその後にやりたいことがたくさんあるのです。今年のサラリーマン川柳入選作を紹介します。

「足りないの？　そもそも無いよ　2000万」

昨年（2019年）、金融庁審議会が老後に2000万円の蓄えが必要という試算を出しました。その金額に批判が殺到し、撤回する羽目になりました。このニュースに多くの国民は驚き、疑問を持ちました。高額な2000万の根拠が理解できなかったのです。民間の調査では、2000万円以上の貯蓄が

あると答えたのは5人に1人に留まったそうです。そこからしても、一般人からすれば、現実離れした数字です。その2000万円と絡めて、年金問題をうやむやにしようとする意図も見え隠れしているような気もします。政府のデータはともかく、遅くても還暦前までに我が家の預貯金を整理し、総額がどの位になるのか、高利回りの運用ができる余裕があるのか、また、そうした資産活用をやってみるのか、など夫婦で話し合うことも必要だと思います。その他にも、毎年の税金の総額を調べて、できる節税対策もありでしょう。私はその方面の専門性には疎いので、具体的な提案はできませんが、ささやかながら平均的な我が家が取り組んでいることを少し紹介します。

預貯金で当面は手を付けない一部を、海外（アメリカドル・オーストラリアドル）での資産運用に回しています。専門家のアドバイスを受けながら、時々、金利や円相場、海外の状況などを確認しています。それで一攫千金を狙える専門知識は持ち得ていませんし、今後、専念してそちらの勉強をしようとも考えてはいませんが、ささやかな楽しみ的な部分はあります。ただ専門家から、リーマンショックの再来の予期や市場に影響のある大規模災害後などの場合は、事前に情報を提供してもらうことになっています。また、百万単位で数百円程度の預貯金の利子はないのも同然なので、将来的に予想される地方銀行の破綻なども踏まえて考えると、当面必要な生活費はかつての「たんす貯金」として、現金を手許に置いておくのもありかなとも思います。税金対策では、自動車税に関わり、車を軽自動車に乗り換える。任意保険を見直す。長年慣習的に同じ保険でしたが、インターネット保険も含めて検討中です。毎年多額の固定資産は、ばかになりません。地方の我が家は住宅の他に、田畑や山林があります。退職後の楽しみでもある営農（家族で食べる分だけの野菜栽培程度）を見据えながら、できる節税の勉強を始めています。その他、日常の生活費もギリギリの生活に落とさない程度に節約を実施中です。例えば、上下水道代、電気代、灯油代、ガス代などは、日頃から節約の意識を家族全員で持っています（現在単身赴任の世帯主としては、あまりきつくは強制できませんが…）。個々の費用を抑えるために現状でできる対策はしていますが、基本は既設の設備をできるだけ長く使えるように丁寧に扱うようにしています。数年前ブームのピークだった、太陽光発電やオール電化を我が家も検討しましたが、設備費と維持費などを検討した結果、導入しませんでした。今後、画期的な自然エネルギー利用の格安設備が開発された場合は、即導入したいと思います。

また、新たな資産運用の関係からと思われることから、今回生まれて初めて「確定申告」をしました。これまで公務員から大学教員まで学校事務方に年末調整や保険料控除等の扱いを任せて、確定申告は他人事のように思っていました。保険会社から必要性の連絡を受け、慌てて「源泉徴収票」を探して、じっくり見ることになりました。それまで事務から受け取っていただけの源泉徴収票には、給与・控除額・保険料など生活する上での基本情報が載っています。特に「こんなに税金を天引きされていたのか…」と思い知らされました。重要なことに疎い自分の恥を晒すようですが、初の確定申告の機会にその仕組みを調べることにしました。こうして還暦直前に確定申告をすることも何かのタイミングかと思います。自営業の方は、毎年、年度末の慌ただしい3月にもっと複雑な申告への対応をしていることに改めて敬意を表します。現在は申告のサイトが整備され、パソコン上で申告できることはありがたいと感じながら申告をしました（還暦前の初体験となりました…）。

海外の年金事情はさまざまですが、日本同様に厳しくなっていて、この先が問題になる傾向はあるようです。例えば、約14億の世界最多人口を抱える中国の場合、急速に少子高齢化が進んでいます。退職年齢は男性60歳、女性50歳または55歳です。公的年金の平均給付額は、大都市では約３５００元（日本円で約５万５千円）で老後の生活は何とかなるようです。しかし、60歳以上の人口は現在でも何と２億５千万人もいて、30年後の２０５０年には2倍の5億人近くになるとの予測です。この膨大な年金受給対象者に対して、中国政府は年金基金の株式などへの投資運用を始めたり、企業年金の普及や個人年金を推奨したりと対策に苦慮しているとのことです。日本とスケールは異なりますが、見通しは厳しいようです。一方、かつて世界的にも手厚い年金制度と言われたブラジルでは、公務員や民間企業の支給開始年齢の決まりがなく、保険料拠出期間（男性35年・女性30年）で受給開始できたようです。そのため受給開始平均年齢は54・6歳で、年金が財政圧迫の一因となりその結果、２０１８年に受給開始年齢を男性65歳・女性62歳に引き上げました。紹介した事例のように、海外においても年金問題が継続し、その国の事情に応じて対策を講じなければならない状況があり、世界規模の課題になっています。日本でも年金に対する国の方針が流動的で、国民の負担や不安を増大させる方向に進んでいるので、私たちが常に関心を向ける必要があります。

年金の課題に関連して、恥を承知で我が家の現状の一部を紹介しましたが、読者の皆さん、あなたはそれぞれの要素をどのように考えますか。特に50歳代の方は切実なスタンスで、加えて40歳代の方、できればこれから私たちの年金の基盤を支えることになる若い人たちにも考えて欲しいところです。全世代が年金を含めたお金のことを真剣に考えることは有意義なことだと思います。今のうちから老後に備えておくことは悪くはないと思います。「備えあれば憂いなし」の心構えが必要ではないでしょうか。

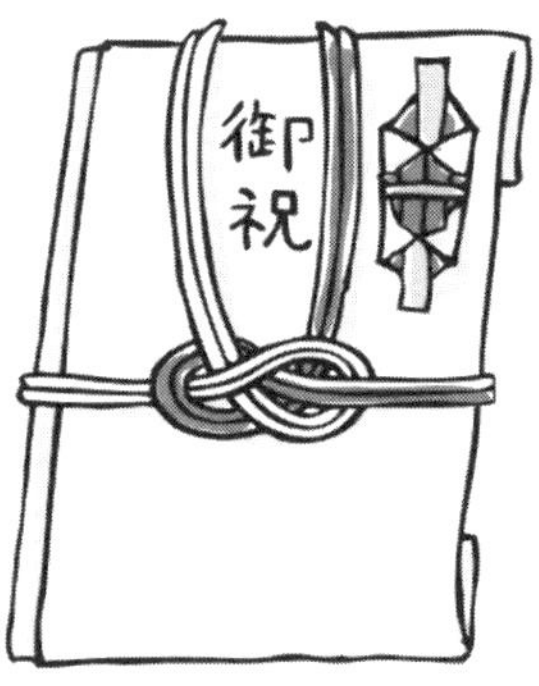

お金にまつわる諺はたくさんあります。次の諺はその一部の代表的なものですが、人間社会におけるお金の価値の重さと共に、お金を巡る弊害に警鐘を鳴らすものも少なくありません。

「金が物言う」「金が敵」「成るも成らぬも金次第」

「金の切れ目が縁の切れ目」「金は浮き物」「金は湧き物」

「金持ち喧嘩せず」「金持ちと灰吹きは溜まる程汚い」
「金持ちの貧乏人 貧乏人の金持ち」「金は天下の回り物」
「金儲けと死に病に易い事なし」

2　家族観と還暦

還暦に達した人の平均的な姿は、子育てを終え、定年退職を迎える頃でしょうか。子どもが結婚したり、孫が生まれたりする時期でもあります。私の場合も、子どもが結婚適齢期になり、孫の顔を見たいと思ったりもしますが、当の本人たちは結婚を進んでする気がないようです。現在の世の中には、かつてのように結婚して家庭を持ち、親になるといった固定的な考え方だけでなく、多様な生き方も容認する風潮も見られます。結婚にこだわるのは、古い考え方とも取られることもあります。女性でも仕事をして、一定の収入があれば、一人で十分生きていくこともできます。むしろ、家庭に振り回されずに、マイペースの生活ができるのです。経済的にも、収入のほぼすべてを自分に投資できるのですから、楽しみだし、充足感もあるでしょう。しかし、私は古い考え方かもしれませんが、結婚をして家庭を持ち、子育てをすることにはそれなりの意義があると思います。

私はそう思って、自分なりに努力してきたつもりです。地方の農家の長男で、公務員（小学校教員）をしていましたが、残念ながらもてるタイプではなく、恋愛下手でしたが、結婚の希望を持ち続けました。身近な女性にアプローチしたり、今で言う「婚活パーティー（当時がはしりだったのでは）」に参加したり、結婚相談所に相談したり、自分のできる努力は惜しみませんでした。結果的には、20代のうちに今の家内と出会い、ウマが合って結婚しました。そこには、自分の努力を越える目に見えない力が働いているような気がします。それこそが「縁」ではないでしょうか。「縁は異なもの」という諺があるように、人知の及ばない不思議なもののようです。とは言っても、縁を引き寄せる努力を続けていた結果と、後からは自負しています。

そうこうしているうちに、私たち夫婦も真珠婚（結婚30周年）を迎えました。それまでは改めてのお祝いをしてこなかった自らの反省を踏まえて、主な結婚記念日を以下に紹介します。

【結婚記念日】

10年 錫《すず》婚式　15年 水晶婚式　20年 磁器婚式
25年 銀婚式　30年 真珠婚式　35年 翡翠婚式
40年 ルビー婚式　50年 金婚式
60年 ダイヤモンド婚式

結婚前よりも結婚後の方が、あっという間で時間的に短い感覚でした。子育てや親のこと、私の場合は両家の父親は亡くなりましたが、両方の母親には元気に、長生きしてもらいたいと思っていますが、目の前のことをこなすことに追われる日々は、じっくり振り返る間もないという感じでした。裏返せば、やるべきことやしなければならないことが日常的にあり、ある意味、充実した日々と言えないこともありませんが…。忙しさを理由にしないで、節目の時期を機会に振り返るようにしたいと思います。

近年の30代前半の未婚率（2015年の国税調査より）は、男性約47％、女性約35％と高止まりしています。その原因として「雇用の不安定」を挙げる専門家もいます。バブルの頃などは、女性の結婚相手に求めるものに「3高（高身長・高学歴・高収入）」がありました。その人の人間性や良さよりも、結婚条件が優先して（これは長い結婚生活を考えると、心配な要素ですが…）いました。その結果、3高のイケメンを「ゲット」した女性は、「勝ち組」として優越感を持ったようです。しかし、その後の状況（結末）は知る由もありません…。逆に、結婚年齢が遅れたり、理想の相手でなかった結婚をしたりした「負け組」的な人々の方が、その後、幸せな日々を送っているケースが多いのかもしれません。平成に入ると、「離婚」件数が増加の一途を辿っています。「夫婦は合わせ物離れ物」という諺のように、もともと他人が一緒になったものだから、別れることがあってもおかしくない、という理屈も当てはまる面もあります。また、結婚後、特に女性が我慢してでも離婚しなかったことから解放された面もあるのではないでしょうか。その点、自然な成り行きでしょうが、その子どもにとってはハンデとなることが多いと聞きます。私は教育現場に関わってきたので、母子家庭（シングルマザーも含めて）、父子家庭の状況は厳しいことを実感してきました。中には苦労をしながらも、立派に子育てをされている家庭もあります。夫婦間でいろいろあっても、トータル的には両親が揃って子育てをできる環境が望ましいことは感じてきました。

私の同級生にも独身の人がいますが、バリバリ仕事をして、趣味を充実させながら生き生きと生活しています。さまざまな事情や経過の中で現在に至る、それもまた人生だと思います。時代は急激に変化しているので、古いしきたりに囚われることもありませんし、新しい考え方で人生を歩むのもありだと思います。一方で、実生活においては、自身の老後や親の介護などを考えると不安になる、という話も聞きます。今後、このような立場の60歳還暦の人は増加していくでしょう。国任せではなく、皆で知恵を出し合って、より良い社会を考えていきたいものです。

「袖擦り合うも他生の縁」「縁は異なもの」「合縁奇縁」

「夫婦喧嘩は犬も食わぬ」「夫婦喧嘩と北風は夜凪がする」

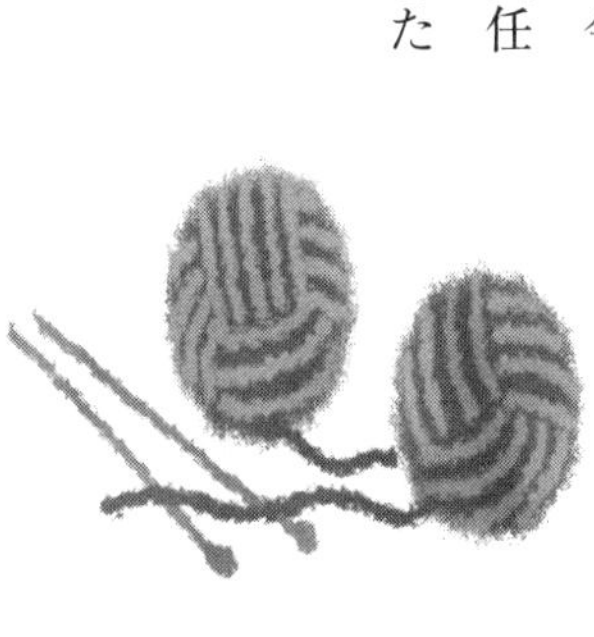

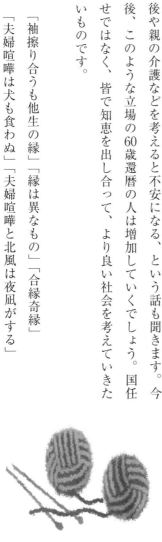

3　還暦と「手紙」

ここ10年は、私たちの世代でも、仕事上や親しい人などとはメールでのやりとりが、中心になっています。確かに便利で、相手の都合の良い時に読んでもらい、こちらも返信が来た後の見られる時に確認すればよいので気が楽です。若い世代はＳＮＳをフルに活用し、気軽に遊び感覚でもコミュニケーションを図っています。以前は、時間をかけて、言葉を選びながら「手紙」をしたためたものでしたが…。我が子や学生の若者世代に、こういうことを話すと、「もう時代が違うのだから。オジサンは昔のことを押しつけないで」などと返されます。それに対して、以前はめげずにさらに熱く語ったこともありましたが、今は若者に嫌がられるのを避けるように、大人しくなっています…。

この日進月歩のご時世なので、コミュニケーションツールは進化の一途ですが、還暦を迎える世代は、時代に乗り遅れないようにすることと、古き良き時代の郷愁とのジレンマを抱える日々でもあります。

そうした中、私は社会人になってからの年賀状を保管しています。約36年分になるので、奥の本棚の一角を占める程です。郵便料金は当初の10円から、現在は64円に値上げしています。小学校勤務時は、クラスの児童とやりとりしていたので、その分多いのですが、お付き合いが広がる中で、一般の大人の方からはしだいに多くなっていきました。内容は新年の挨拶や近況報告や家族写真などですが、差し出した人の個性やこだわりが感じられます。近年のものは、パソコンソフトを駆使した見栄えの良い賀状が多いので、手書きのものに温かさを感じてしまいます。加えて、一言でも手書きのメッセージがあると嬉しくなります。昭和世代の私は「手書きの良さ」にこだわることもあります。万年筆で気持ちを込めてしたためる文字を大切にしたいという思いからです。賀状の中でも、私だけに向けた手書きの言葉はありがたく受け取ります。それが鋭く、ストレートに伝わってくるのです。特に印象的なフレーズは、「四の五の言わずに遊びに来い！」「走り続けていますか？」「ユーモアを発揮していますか？」「新曲はまだですか？」など、心に染みてきます。

そこで、私もできるだけ手書きで書くようにして、相手を思い浮かべて一言添えることを続けています。ほとんどの人が会うことがない人で、年に1回だけの賀状のやりとりなので、これからも大事にしたいと思います。かえって、還暦を機会に賀状の枚数を増やしても良いかとも思っています。お互いに1年間無事に過ごせたことを確認する貴重な機会にもなるのですから。

また、教職冥利に尽きることですが、私の教え子からの長年続く賀状が嬉しいです。新採用時、小学校3年で担任した女子2名とは、36年間、賀状交換をしています。

その彼女たちも40歳代になり、中高生の親として立派に子育てをしながら家庭を守っています。こちらも歳を取るはずです…。当時の、今でも鮮明なエピソードを思い浮かべながら、時間の経過を実感します。その後の教え子たちも、5人、賀状交換は続いています。できるだけ長く、できれば生涯の「賀状友だち」を続けたいと思います。

ここ10年は12月上～中旬の賀状欠礼状が多く届きます。特に友人の親世代の訃報です。

親を見送る、そういう年代になったことを実感します。葬儀に参列した身近な知人の親族の方などは、その際に故人の功績や生き様に触れられますが、その他の方もそれぞれの思いを持って見送り、家庭環境が変化していくことを想像します。葬儀も家族葬が増えたり、簡略化したりしています。世の中がせわしくなっているので、かつてのように故人を懐かしみながら丁寧に見送る環境が薄れてきていることも感じます。

また、退職や還暦後、年齢などを理由に、「年賀状じまい」をする話を聞きます。仕事上や慣例的なお付き合いだけのものならば、それもありでしょう。毎年、両面すべて印刷だけというのも止める判断材料になるのでは。一方で、私はむしろ、時間的に余裕の持てる還暦後こそ、せめて年賀状は続けたいと思います。還暦後では進歩や変化の大きい近況は減りますが、ゆとりの持てる生活でのささやかな気づきや、それまで見過ごしてきたちょっとした変化などの交流は有意義なことのように思われます。年に1枚限りのものです。1年の区切りの年末年始に、ゆったりとした気持ちで、相手の日常に思いを寄せることはいかがでしょうか。

「金の切れ目が縁の切れ目」「便りのないのはよい便り」

内緒話ですが、私は数少ないラブレターをマル秘でしまってあります。受け取ったものと、渡せなかったものです。読み返す勇気はないので、淡くはかない恋愛の思い出として迷宮入りにしています。いずれにしても、文字でのやりとりは、一過性のものではなく、その時々のお互いの思いが手紙という形に反映しています。現在は、気軽にまた簡単にSNSによって用件を伝えることができる便利な時代ですが、迷い悩んで選んだ言葉や気持ちがどうしたら伝わるのか、じっくり考えた文字面に趣や重さを感じることを大切にしたいと思う還暦前です。

４　還暦と「食」

プロローグの冒頭で、「尿管結石」による人生初入院のことにふれましたが、その主原因はストレスでした。加えて長年の体内の水分不足も影響していたようです。約39年、長距離走を続けてきたため、発汗量が多くあり、汗の出やすい体質になっていました。その分、水分補給を心掛けてきたつもりでしたが、まだ量が少なかったようです。体全体に水分が不足し、その蓄積の結果、尿管内に固形の結晶が形成される状況が起こったようです。このように長年の生活習慣が健康に影響を及ぼすことはよく言われます。特に食習慣の影響は大きいと思われます。ましてや60年間の蓄積は大きいことなので、ここで取り上げてみたいと思います。４日間の入院中は、本当に久しぶりに、食事をおいしく食べられませんでした。病院食として、栄養があり消化しやすいなど工夫したものでしたが、受け入れる側の体調不良のため、食べ切るのがやっとの感じでした。無理してでも食べた経験は、日常、健康体で食欲があり、おいしく食事ができることの有り難みを改めて思い知らされました。思い起こすと、「食べ盛り」と言われる中高生の頃は、まず量を食べました。不自由なくたくさん食べさせてくれた両親には感謝します。引き続き食欲旺盛な20代では、当時オープンした「バイキング食べ放題」に仲間とよく行きました。料金の元を取ろうと、競うように食べました。今思い出すと、夢のような出来事です。さすがに30歳になると、無理して食べなくなり、量は減りました。その後は、年齢に比例して量を食べられなくなっていきます。「腹八分目」の意味を実感しました。満腹感が出る前に、食べるのを止める習慣も定着しました。そうすると、たまに気を緩めて食べ過ぎてしまった時には、体調を崩します。体は正直です。食べられる許容量を体が分かっているのです。40歳以降は、暴飲暴食はしなくなりました。50代になると、さらに食べる量は減ります。量を体が受け入れなくなり、いつもより多く食べると胃もたれ感がでます。現在心掛けていることは、定時に定量の3食をしっかり食べることです。食事を柱にした基本的生活習慣に繋げています。

食べる量だけでなく、食事の「嗜好」も変化します。30代までは、肉料理をはじめ、油ぎったおかずを普通に食べていましたが、やはり40歳以降は、胃もたれが起きたりして、あっさりした食事も取り入れるようになりました。年をとっても、パワー発揮のためには、「肉」を食べるように言われます。スポーツを続ける人には特に言われまるので、できるだけ食べるようにはしています。一方、「野菜を多く食べた方が良い」とも言われ、分かっていますが、なかなか十分にできていません。

1つオススメの食品があります。それは私のこだわりの食品であり「畑の肉」とも呼ばれる「大豆」です。大豆は植物性タンパク質を多く含む食品で、肉を食べないベジタリアンもタンパク源として活用しています。大豆を原料に加工した納豆・豆腐・みそ（汁）は、格安で身近な食品です。特に健康食ブームの時期から、納豆の効能は注目されています。私の場合、30歳半ばまでは、納豆を一切食べませんでした。あの臭いとネバネバの食感が嫌でした。ところが、38歳で単身赴任となり、食事でおかずがない時、スーパーでたまたま手にした「納豆」を食べたところ、思ったよりもいけたのです。結局、食わず嫌いだったのです。それからは納豆にはまって、朝食にはかかせず、逆に納豆がなければ朝食にならない程です。現在まで約20年間、納豆

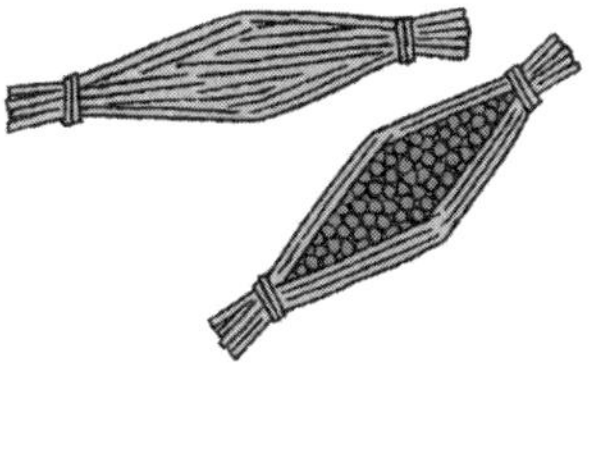

を食べ続けていて、そのお陰もあって健康を維持しています。あのネバネバが、精神的な「粘り」にも繋がっています。さらに「納豆学会」（本部は新潟県柏崎市）の会員になり、7月10日「納豆の日」の関連イベントで、オリジナルテーマソング「納豆の唄」を歌ったりしています。あと少しで、納豆大手メーカーのCMソングに採用してもらうチャンスでしたが…（残念）。一生涯、納豆を食べ続けることになるでしょう。イチ押しの食品です。

近年は、ネバネバつながりで、「長芋（とろろ芋）」を食べるようにしています。こちらは夕食ですが、白いご飯の上に、下ろし金を使ってとろろ芋にしてのせ、鰹節をかけ、醤油でおいしくいただきます。これだけのおかずで十分食べられます。他にも、モロヘイヤ・あおさなど、ネバネバ食品は体によいことを実感しています。

また、私の場合、40代後半から栄養補助食品としてのサプリメントを飲んでいます。それまではランニング練習の滋養強壮・疲労回復ための ビタミン剤「QPコーワゴールド」は1日1錠だけ習慣にしていました。加えて、関節痛や筋肉保持などのためのグルコサミン・コンドロイチンなどを成分とするサプリメントを飲み始めました。長年のランニングによる体のパーツ疲弊への対策です。その効果はよく分かりませんが、長く飲用し、その効果を実感できればありがたいです。しかし、あくまでも補助食品のため、「バランスの良い（主食・主菜・副菜）３回の食事を基本に、適度な運動を組み合わせることが大切です」と説明書に書いてあります。

「空腹にまずい物なし」「旨いものは腹にたまる」
「食おうとして痩せる」
「九月納豆は何よりありがたい」

第3章　世代間でみる還暦の様相

1　30年の世代間（平均的な祖父母90歳―親60歳―子30歳）での還暦の比較

（1）30年前の1990年（平成2年）に還暦を迎えた世代

〈1930年（昭和5年）生まれ　今年90歳〉

ほぼ、私たちの親世代にあたります。戦前の昭和1桁生まれで、戦時中に子ども時代を過ごし、戦後社会を社会人として生きてきた人々です。有名人で健在の方は、男性（キダタローさん・桂春団治さんほか）、女性（大久保光代さん・安田洋子さんほか）と、さすがに90歳では少なくなります。故人の同級生は、二谷英明さん・藤岡琢也さん・名古屋章さん・岸田今日子さん・左幸子さんなどがいました。一般の方では数多くの方が長生きされ、現在もその業界の第一線で活躍されています。

戦後の混乱・貧困の中、復興に取り組んだ後、高度成長期に子育てをしてきました。進学率も上がり、子どもには大学までの学費も負担することになり、激動の時代に苦労の多かった世代ではないでしょうか。育てられた私たち世代は、ただただ感謝のみです。

還暦を迎えたのは、１９９０年（平成2年）で、まさに昭和時代の終わりの時です。当時の小渕官房長官が、「平成」と書かれた額を掲げた年です。30歳を迎えた私たちも、昭和の終わりを実感し、無性に昭和が愛おしく感じられたのを覚えています。昭和1桁生まれの諸先輩方なら、なおさらのことと想像します。贅沢に思える程に物が豊かになり、過多ともいえる情報が発達し、確かに便利になっていきましたが、「これでいいのか」と疑問を感じながら生きていたのでは…。私たちの若い世代に、もっと厳しく言いたいこともたくさんあったことと思いますが、それ程、無茶振りをしてこなかった印象があります。

それが、諸先輩世代の奥ゆかしさなのか、昭和時代の良さなのか分かりません…。いずれにしても、大いに感謝しています。おそらく若い世代に引き継ぎをしながらも、託しきれないことや信頼しきれない部分もあったのかもしれません。それから30年間、やはり新たな激動の平成時代を駆け抜けてこられたのです。こうして敬意を向けながらも、十分な実態を想像できない部分が多く、恐縮しますが、感謝の気持ちは大いにあります。「私たち世代を育てていただき、長い間のご苦労を、大変ありがとうございました。そしてお疲れ様でした」。

「いつまでもあると思うな親と金」
「父母の恩は山よりも高く海よりも深し」

(2)　今年2020年に還暦を迎える世代（筆者と同学年）

〈1960年（昭和35年）生まれ　今年60歳〉

まさに私たちの世代の還暦です。１９６０年代（昭和30年代）の高度成長期前期生まれで、高度成長に比例して、私たちも成長していく、ある意味、恵まれている世代でした。親は戦時中・戦後の厳しさを経験しているため、我が子にはできることをしてやりたいという思いは強かったように思います。この歳の有名人では、男性（田原俊彦さん・氷室京介さん・佐藤浩市さん・サンプラザ中野さん　など）、女性（黒木瞳さん・「W浅野」・紺野美沙子さん　など）をはじめ、一昔前にドラマや音楽などで一世を風靡し、現在も活躍中の多くの方がいます。その上、皆さん、若々しくて、同級生としてもうらやましい限りです。特に田原俊彦さんは私と同県人で、身近に感じながらもトップスターに上り詰め、長年に渡り芸能界に君臨する姿は誇らしいです。同級生は他にも多数の方がいるので後で紹介します。ちなみに「2020年に還暦とは思えない有名人調査」の1位は、黒木瞳さんでした。その世代が幼少の頃の印象的な出来事は、小学生の時、白黒テレビからカラーテレビに変わったことです。家具のような木の枠の中に、色鮮やかに映る映像に感動しました。その他に様々な家電も普及していきました。車は、3輪の「ダイハツ　ミゼット」が走り、3輪のため曲がりカーブで横倒れした光景を覚えています。当時の農村部では、養蚕が盛んで、家族の生活空間よりも「お蚕さん（文字通りの天の虫）」の飼育場所を優先し、夜、蚕が桑の葉を食べるザーザーという音を聞きながら、家族が寄り添って寝ていた思い出があります。余談のローカルな話題ですが、現笛吹市内に1961年温泉が湧き出し、青空温泉が出現し、老若男女が温泉につかる新聞記事写真を後に見ました。夢のある大らかな時代だったようです。

大学受験は、「共通1次試験」世代で、受験競争は大変厳しかったです。5教科7科目の学習は大変でした。その後に、2次試験が控えていて、当時は10倍以上の競争率がざらにありました。受験を乗り越え、さらに厳しい就職試験を乗り切ってきたためか、みんなが「ハングリー精神」を持ち、仕事を続けていたような気がします。「バブル崩壊」の経験をしながらも、家庭を築き、子育てをする比較的豊かな生活を送ってきました。基本「アナログ」世代ですが、ここ20年はデジタル化の波に呑まれて、パソコンをはじめとするデジタル機器が仕事上の必須アイテムとなりました。私のようなアナログ派は、必要最低限の使用に留まり、肩身の狭い思いもしています。スマホの急速な普及の中、電波停止期限まで使い勝手の良い「ガラ系」ケータイを持ち続ける頑固オヤジの私です。

そこで迎える2020年代の60歳還暦。平均寿命は男女とも80歳半ばを越え、健康ならば長い老後になります。しかし、これまでの話からすると、70歳まで働き、それから年金受給もできる流れも出てきています。選択の幅が広がり、その人に合った老後の在り方を選べそうです。政府は75歳からの後期高齢者に加え、65歳~74歳を「前期高齢者」と命名し、制度改革を企てているようです。私たちはその動きをしっかり把握し、より良く生きる方向を模索したいと思います。

また、親を見送る世代でもあります。「孝行をしたい時には親はなし」と言われるように、今は自分が親の生活を支えたり介護したりする立場ですが、それこそ親孝行と割り切って、苦労をして育ててくれた親にできる限りのことをしてあげたいと思います。

【同級生である他の有名人】

哀川翔　柳葉敏郎　真田広之　大江千里　嘉門達夫　コロッケ　鈴木亜久里　田尾安志　ダニエル・カール　オバマ前大統領　東ちづる　石田えり　室井滋　ダンプ松本　大場久美子　清水ミチコ　桂銀淑

「六十の手習い」「六十の三つ子」「六十年は暮らせど六十日は暮らしかねる」「子養わんと欲すれども親待たず」「子にすることを親にせよ」「薬より養生」

(3)　2050年（30年後）に還暦を迎える世代
〈1990年（平成2年）生まれ　今年30歳〉

「人生100年時代」「超少子高齢化社会」が現実味を帯びる世代の、今から30年後の60歳還暦はどのような状況で迎えることになるのでしょう。生まれた時から最新科学が発達し、デジタル機器が普及・定着し、豊富な物資があり、何不自由ない大変便利な生活を送っている人たちが、迎える2050年です。この歳の有名人は、男性（三浦春馬・柳楽優弥・入江陵介　など）、女性（黒木華・ローラ・ダレノガレ明美・浅田真央　など）がいます。

若い世代には知られていて私が名前をよく知らない方も大勢いるようですが…。今をときめく充実した人生を歩む現役世代の人たちです。イメージ的にも以前の30歳よりも若返っている印象です。加速化する時代ゆえに、科学・ＩＴテクノロジーの進化は著しく、あっという間の30年後ではないでしょうか。平均寿命は、女性が90歳を越え、男性も80歳代後半に延びることが予想されます。確実に老後の期間が長くなります。医療技術の進歩も著しく、不治の病の克服に至っているかもしれません。還暦どころか、70歳や80歳になっても健康で、仕事を続ける人が増加することは確実です。年金受給の確実な保障は弱まり、生活のために働かなければならない状況も考えられます。社会人・職業人としては、近い将来、働き盛りを迎え、社会を支える中心世代になるのですが、制度的には「終身雇用」がなくなり、「年功序列」給与は、能力給へと変わります。

現在でも、製造・管理などの分野では人間に代わって人工知能を持つロボットが仕事をする動きがあります。それは30年後には当たり前になり、多くの業種でロボットが人間の代わりをして仕事を奪い、還暦でも健康で労働意欲十分でも、働く場がなくなる懸念もあります。しかし、ＡＩやロボットが普及しても、最終的には人間の経験や判断力などの「人の知恵」が必要なことはなくならないでしょう。

また、働き方改革の流れで、余暇時間の活用も一つのテーマになるでしょう。趣味を持ち、趣味を通した人間関係がさらに求められるのでは。海外とのさまざまな関係から、非常事態も考えられます。現在のアメリカと中国による経済的な影響のような問題も予想されます。また地球温暖化による異常気象がさらに進み、自然災害が増加し、地震・火山の活発化も予断を許しません。人間社会がいくら進歩しても、生活環境の悪化は避けられないことを危惧します。

「三十にして立つ（論語）」「三十の尻括り」
「三十は男の花」「うかうか三十きょろきょろ四十」
「丁寧早は出来ぬ」「子を持って知る親の恩」
「子に過ぎたる宝なし」

2　時間の感覚による捉え方

「時は金なり」という諺がありますが、時間そのものは金に値する代えがたい貴重なものです。ここではまず、その貴重な実際の時間を考えてみます。

【時間換算】

60年＝およそ〈2万1915日〉＝〈52万5960時間〉＝〈3155万600分〉＝〈18億9345万6000秒〉

細かい時間の単位に換算すると、その長さの見当もつかなくなってしまいました…。そこで、時間の感覚で、3度目の成人式となる60歳還暦を考えてみたいと思います。

「光陰矢の如し」という諺がありますが、これは「月日の過ぎる速

さ」を例えています。これに関連する法則を紹介します。19世紀の心理学者ジャネーの仮説で「ジャネーの法則」と呼ばれていて、「年を取るほど、時間が経つのが早く感じられる」という現象を数値化したものです。一言で言うと「時間の過ぎる速さは年齢に比例して加速する」のです。

【ジャネーの法則】

基準：１歳の時の１年間→２歳の時の１年間は「２倍」に速く感じる。→５歳になると「５倍」→10歳では「10倍」…数式：Ｙ（体感時間）＝１／ｎ（年齢）

還暦60歳を当てはめると、60歳の１年間は１歳児の１年間の「60倍」速く感じる。すなわち、何と「60歳の１年は、１歳の60分の１」の速さで過ぎていくのです。この数字ではピンときませんが、「１歳の１年＝60歳の６日」なると、衝撃的です。歳をとるごとにこれ程までに時間感覚が早まるとは…。物心がつく６歳と還暦60歳で比べてみると、小学校入学の頃よりも還暦では時間の流れが10倍速いことになります。確かに小学校１年時の１

日は、目一杯遊び続けてとても長かった記憶があり、それがあっという間に過ぎる60歳の10日分に当たるのか。加えて、「体感的には、人は20歳で人生の半分を終えた」とも言えるそうです。これもまた衝撃的です。そう考えると、人生前半の子ども時代や青春時代がいかに貴重なのか思えてきます。年齢ごとに時間の経過を早く感じる理由の1つに、「生活に新鮮味がなくなる」と指摘する考え方があります。確かに、子どもの頃は未知のことだらけで、毎日が驚きや発見の連続だった記憶があります。夢中になってじっくり遊び込み、時間を忘れる程で、ある意味、時間がゆったり流れていたような気がします。「三つ子の魂百まで」という諺がありますが、ゆっくりした時間を過ごした幼児期の体験やその時の思いが、その人の人生の底流にあり続けることに納得する気がします。一方、大人になると定職に就き、一日の決まった流れがあり、それがルーティンとして繰り返されることは事実です。それが時間感覚を早める要因のようです。年齢を経るごとに時間経過に加速度が加わり、文字通りの「光陰矢の如し」なのです。

節目の年齢に関して、孔子の『論語』の中に、次のような有名な一節があります。

【論語　為政第二　四】

吾十有五にして学を志す。三十にして立つ。
四十にして惑わず。五十にして天命を知る。
六十にして耳順（した）がう。七十にして心の
欲する所に従って、矩《のり》を踰《こ》えず。

【30歳「立」　40歳「不惑」　50歳「天命」　60歳「耳順」　70歳「矩踰」】

和訳（金谷治訳注）では「私は15歳で学問を志し、30歳で独立した立場を持ち、40歳であれこれと迷わず、50歳で天命をわきまえ、60歳で人の言葉が素直に聞かれ、70歳で思うままに振る舞っても道を外れないようになった」とある。

２０００年以上も前の中国の文献ですが、多くの示唆に富み、現在の日本でも人生指南の名言として残っています。

特に、２回目の成人式となる40歳と3回目の成人式となる60歳は、節目としての明確な

示唆を感じます。しかし、私たちの実年齢から考えてみると、40歳では、まだまだ迷いがあり、しっかりした人生の方向性など定まっていないのが現実です。むしろそこで大いに迷い悩んで、もがき模索することで次の展開に繋がるような感覚があります。

子どもが成長し新たな子育ての難しさが起き、仕事上も部下を持ち、上司への伺いも欠かせない中堅の大変さを知り、身体的には老化を感じ始める、など悩める中年世代に突入します。

ましてや私が目前となる60歳では、人の言葉を素直に聞き入れる器量まではほど遠い感じがします。「そうなれれば、人から信頼され人望も厚くなるだろうな」とは願望として望みますが、現実的にそうはなれないジレンマが付きまといます。昭和の古いフレーズ「分かちゃいるけど止められない」が本音でしょうか…。それでもその言葉を心に留めておくことは、大切なことだとは思います。意識できるかできないかは大違いであることをそれまでにも経験的に知っておきたいと思います。

「亀の甲より年の功」「老いては子に従え」「年寄りの物忘れ　若い者の無分別」

第4章

教育（学習）と還暦

1　生涯学習と還暦

「60の手習い」という諺があります。「晩学」の例えで、「60歳になって初めて習字を始める」という意味です。裏返せば、「いくつになっても勉強は始められるものです」とも受け取れます。むしろ、年を重ねてから学ぶ方が深く理解でき、身に付く場合も考えられます。私は職場の公開講座（地域の一般の方を対象）を夏に開いています。講座名「草オジサンの野草教室」というマニアックなものですが、高齢者の方には好評です。受講者は退職後や、子育てを終えた皆さんです。ユニークな雑草の現物を提示しながら、名前の由来や効能などを説明すると、熱心に聞き、メモを取ります。向学心旺盛で、積極的に質問してきます。成長力旺盛で迷惑がられる、つる植物の「クズ」の根っこから「クズ粉」や「葛根湯エキス」を採取する話の時は、感心しながら、根っこをまじまじと眺めていました。こうした高齢者の学びへの意欲を、今時の大学生に見習わせたいと思ってしまうのは私だけでしょうか。こういう姿こそ、「生涯学習」の本来の在り方のように思います。今でこそ、大学存続のために、学生数確保の手段として社会人や高齢者に門戸を開いて学習の機会を提供していますが、これこそが生涯学習の姿でもあります。事後アンケートによると、「若い頃に勉強したくてもできなかったので、時間のある今こそ勉強したい」「認知症予防に学習している」「孫に勉強を教えてやりたい」など、学びへの前向きな言葉から学習意欲が伝わってきます。このようにキャンパスに、多様な人々が集うのは活気が出て、学生への刺激にもなります。

そういう私も、決して学業優秀でもエリートでもないのです。自ら生涯学習を実践している一人です。

現在、大学に勤務できている発端は、38～39歳の2年間での大学院修士課程なのです。地方の農家の長男が4年生大学に行かせてもらって、十分満足していて、その先の大学院の存在さえ、当時は知りませんでした。現在、この業界にいて振り返れば、大学卒からストレートマスター（大学院修士課程）、さらにドクターコース（大学院博士課程）と進んでいれば、現在とは違う立場に行き着いていたかもしれません。後悔の気持ちも少しありますが、生まれ育った環境のもと、その時その時に考えて、自分なりに歩んできたことなので納得するようにはしています。幸い、修士課程の時は、家庭を持ち、子どももいたので「現職内留」という制度を活用し、給料を受けながら学習の機会を持てました。（もちろん、授業料はきっちり払っていましたよ）。また、仕事経験を15年積んだ上での大学院だったので、学習内容が仕事現場とリンクして「腑に落ちた」という印象が、20年経った今でも残っています。とりわけ、大学図書館の奥にあった修士論文コーナーには、「こんなマニアックなことを研究してい

るのか」や「こんな重箱の隅をつつくようなことが世の中の何の役に立つのか」と感じながらも足繁く通いました。人生の中で、かけがえのない社会人単身赴任院生の2年間でした。また、この先、研究実績を積み、研究意欲が高まれば、大学院博士課程入学の可能性を探っています。博士号を目指す50歳以上の人への助成金が、一般財団法人「生涯学習開発財団」にあります。独創的で社会的に意義のある研究を行い、博士論文の提出予定の人を対象としています。私も応募を検討していますが、研究の方向性を固め、準備が整った場合はチャレンジしたいと思います。しかし還暦目前になり、思い立ったことにグイグイ進むパワーが減速し、躊躇から尻込みする流れもありそうです。これを達成できれば、生涯学習を自ら極めることができるのですが…。弱気な私に代わって、もし読者の皆さんの中で博士論文に関心のある方がいましたら、問い合わせてみて下さい。

ここで再び余談ですが、大学院入学式当日、道路脇に車を止めて桜の写真を撮っていたところ、停車違反（県外の警察でしたが）の切符を切られました。その忘れもしない日から、この4月にちょうど「20年」経ちます。その時、念願の「20年無事故無違反優良運転手」の仲間入りをします。これはこれまでの私の人生における最大のステータスと言えるものかもしれません。交通違反は、ちょっとしたタイミングと気持ちの油断から起こってしまうもので、この約20年間はラッキーな面があったと謙虚に受け止めておきたいと思います。最近でも、高速道路を走行中、快適なドライブ感覚でついスピードオーバーしていた時、隣り車線から覆面パトカーらしき車が迫ってきて、「しまった」と冷や汗をかいたことがありました。結果的には、先に追い越していった車を追跡中のようで助かりました。車の運転に限りませんが、私も、ふと魔が差したり、ちょっと調子に乗り過ぎたりする心のスキが出てしまうタイプなので、できるだけ長期の記録更新に向けて、細心の注意を払って運転することを誓っています。

「学問に王道なし」
「天災は忘れた頃にやってくる」
「学びて思わざれば則ちくらし」

2　還暦前までの教職生活と「教育への思い」

還暦前までの36年間、学校教育に携わってきた私の、人間の生き方に繋がる教育に対する思いをザックリした教育観で語ります。私は新採用から、公立小学校の教員として勤務してきました。自分から言うのも何ですが、優秀で熱心な教員というよりも、変わってて面白い（怪しい）教員としてのポジションでした。自称のキャッチフレーズは、「走って、歌って、笑える怪しい先生」でした。そんな私の取り組んできた教育テーマの一つに「かけがえのない経験から学ぶ」があります。それは、私たち人間が日々の経験を糧に成長しているという視点です。その経験は予想されることよりも、むしろ想定外のことの方が多いのです。そのため、うまくいくことよりも、かえって失敗して反省材料となる経験の方が多くなります。文字通り「かけがえのない経験」なのです。その痛い経験から多くのことを学び、その後に生かしていきます。このことは人間に限らず、動物も経験から学んでいます。諺にも多くの戒めがあります。

「七転び八起き」
「百聞は一見にしかず」
「羹《あつもの》に懲りて膾《なます》を吹く」
「石橋を叩いて渡る」

経験には「実感」が伴うことが多くあります。年齢に関わらない実感の経験として、筆者も半世紀以上生きていますが、この年齢になっても初めて実感することがまだまだ多くあるのです。思い込みや先入観から、物事の本質とは異なる理解をしていたためにハッと気付かされ、心底から実感することがよくあります。ある意味、人生において「より多くの実感を積み重ねる」ことが豊かな人生に繋がると考えます。実感できれば、その先の想像力に繋がっていきます。この想像力が心身の「タフネス（負けない心と身体）」の要因として、強さに繋がります。相手の立場・境遇・心境を実感できれば、他人事や無関心ではいられなくなります。現在の世の中で懸念される状況を打破するパワーにもなり得ることを期待

できるのです。教育における「実感を伴う理解」に関して、学習においては要領よく進めることも時と場合によっては必要ですが、本来の学習の形は本質が分かる「納得した理解」です。最新の学校教育のバイブルである「学習指導要領」のキーワードにある「深い学び」にも通じます。概念の理解ができれば、その考え方は応用が利き、分野が異なっても理解に繋がります。

「三人寄れば文殊の知恵」
「少年老い易く学成り難し」

最近の児童の意識調査によれば、日常生活の「学校：学校外」の割合が「4：6」の傾向が強まっているとのことです。学校が多くを抱え過ぎ、学習面に加えて生活面の負担が増しています。しかし学校にできることは限界があり、従来の考え方を見直す時期になっています。家庭や地域の教育力の低下が指摘されて久しいのですが、さらに低下の一途を辿る傾向にあります。学校外に任せる部分も必要なことは明らかですが、任せきれない現状もあるのです。例えば、新学習指導要領で道徳が教科となりましたが、道徳心は本来、子どもが家庭や地域で生活する中で育まれていくものでしたが、学校の教科として取り組まなければならない時代になってしまったのです。

人間としてのコミュニケーションの視点では、まず生身の人間には、迫力・パワーがあります。バーチャルにはない、すごさや面白さ、人間らしさがあります。独特な雰囲気を感じ取り、時にはオーラさえ感じることもあるのです。生身の人間から感化されたことこそが、自らの人生に反映するのです。臨場感を実感することに、最も説得力が生まれます。また、現在の社会の傾向として、人間を介さなくても、人間関係を持たなくても生活できてしまうことや、人間関係の煩わしさを避けて生活できてしまう社会に変化していることをかなり危惧しています。その結果、引きこもり・フリーターなどが増加するようになり、濃密な人間関係がなくても生活できてしまうのです。自分にとっての「ストレス」を、はなから引いて回避してしまう。しかし、「煩わしい人間関係」こそが人間が生きていく上で重要な要素で、人間関係をいかにうまく構築していくか、すなわち人間関係を前向きに生かせるかなど、さまざまな価値観を持つ人間にいかに対応し、「心地よい関係」

を築いていけるかが問われます。そのためには、その人の持つ価値観を受け入れ、認める「度量」（人間的器の大きさ）が必要となります。無理やり価値観を受け入れる必要性はありませんが、腹を割って語り合うプロセスこそが重要で、自分の考え・思いをいかにして理解してもらうかのような「もがきあがく」経験こそ生きる糧になると思います。

「人は見かけによらぬもの」
「水魚の交わり」
「管鮑の交わり」

併せて現在の社会で気になることが「価値観の多様化」です。現在の、物が溢れ、必要過多の情報社会において、人は自分の関心あることだけに傾倒・没頭し、個人的に楽しむ傾向が強まっています。いわゆる

「オタク化」傾向とも言えるでしょう。そこでは価値観を同じくする人間とは意気投合し、共有する部分のみで、内輪で盛り上がる。逆に、自分にとって不必要なものには無関心になり、人ならば回避・無視・排除とエスカレートしていきます。また、自己都合の優先があり、公的なものより自分のやりたいことを最優先し、自らを咎める気持ちや申し訳なさを感じなくなってしまいます。このことは、公共性・モラルの喪失に発展します。地域社会も、かつてとは相当変化しています。近所付き合い（自治会活動・地域行事など）の軽視・簡素化、ゆとりの喪失（精神的・時間的）のため、最低限の関わりしかせずに、祭り・忘新年会などの地域行事そのものが楽しみである時代ではなくなったのです。

学校社会も一般社会同様に、国際化の波が入って来ています。学校現場の対応は、大変な面がありますが、外国人の子どもとの交流は、かけがえのない貴重な出会いです。言葉の障害や文化の違いはやむを得えない事情ですが、それらを乗り越えられる同じ人間としての基本的なコミュニケーションは通じるものがあります。さらに子ども同士間には、大きな可能性を期待します。

私は地方の農家の長男で、名家のめの字もない血筋ですが、その分、「雑」の強さを自負し、学校生活で関わった教え子たちにもその思いを伝えてきました。「雑」には、雑草、雑木、雑魚などのようにその類別の「その他諸々」にまとめて括られてしまうものがほとんどです。しかし、その一つ一つにはちゃんとした名前があるのです。人間の日常活動においても、雑用・雑務、雑学などがあります。しかし、この分野こそ重要に思えて仕方ありません。高価なブランドでなくても、実用的で立派にその機能を発揮すれば十分という反骨精神的なものがあります。また、「撓《しな》やかさ」にも繋がるものがあると思います。例えば、雪の朝の撓っている竹の光景を見たことがあるでしょうか。笹葉のある先の方に雪が積もり、地面近くまで大きく撓っています。一見、折れてしまっているように見えますが、日中、雪が溶けると、元のようにすうーっと立ち上がっていきます。この回復力には驚きを隠せません。この姿を見るたびに、私は敬服するばかりです。竹は木と違って、中が空洞で「節」で仕切られ繋がっています。この造りこそが、竹の撓りを支えているのです。人間の人生の「節目」にも繋がっているように思えます。節目の間は、特に区切りを意識せずに過ごしても、節目を迎えて、その前の期間を振り返ります。人生のアクセントとなる節目の強みは、人間の粘り強さや「タフネス」に繋がり、竹のように人間も自分なりの回復し立ち上がる術を持ちたいと望んでいます。

加えて、最近聞かれなくなった「ハングリー精神」にふれます。現在の子どもたちの多くは、欲しいものが容易に手に入る環境にあります。また、苦労や努力を伴わずに、自分の思うようにいってしまう傾向さえ見られます。反対に、私の子ども時代のように、欲しいものがなかなか手に入らない、自分の思うようにいかないジレンマを乗り越えて、自分でその目的に向かって行動を起こさなければなりませんでした。これには精神的な負荷がかかりストレスとなりますが、ここでこそ「ハングリー精神」が求められます。その結果、欲しいものを手に入れ、思い通りにできた時の成就感は大きく、成功体験として次に繋がります。これは、失敗体験を重ねてもめげずに、苦労の末、成功を勝ち取ることと同じです。現在の子どもの課題の一つに、「自己肯定感」の低下が挙げられます。自分から関心を持ち、進んで努力し、目標を達成するといった経験が乏しいのです。「次はこうしよう」「もっとこうなりたい」などのモチベーションを維持した結果の成功体験の積

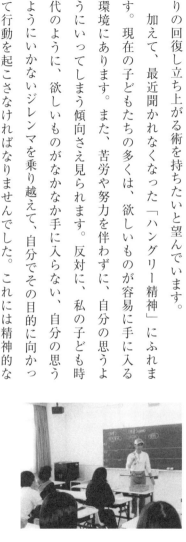

み重ねが求められます。これこそ、試練を乗り越え、その時々の課題を抱えながら長い人生を生き抜くために必要なことではないのでしょうか。

「大器晩成」
「可愛い子には旅をさせよ」
「彼も人なり予も人なり」

第5章

スポーツと還暦
―走歴40年を目前にした長距離ランナーのつぶやき―

私の場合、普通の日記は三日坊主的に長続きしなくて、気が向けば書く程度だったので、今も残っているものは少ないです。他方、ランニングの記録は開始した20歳の時のものから現在まで39冊あります。それは、マラソンをはじめとするランナー向け雑誌「ランナーズ」の12月号付録の「ランナーズダイアリー」です。これは長距離ランナーとしての財産です。私の走歴39年の歴史そのものです。内容は、天候・走行距離・体重・体調・記録・練習メニューなど、1日5～6行の記録を書くノートです。後で読み返すと、拙い内容や文章で恥ずかしくもなることもありますが、ランを中心とする日々の記録の積み重ねなのです。特に読み返すのは、不調に陥った時です。不調の時の日誌を辿ると、その時の生活（仕事の忙しさ・食事・睡眠・ストレスなど）に共通的な原因があり、それをヒントに何度も不調を乗り越えてきました。逆に好記録が出る好調な時は、不思議と日誌を読み返さないのです。人間の勝手さ・愚かさのような面でしょうか…。後で詳しくふれますが40歳以後は、走力低下防止や反省材料としての日誌が中心となります。

いずれにしても、自分の生きた証としての39冊は宝物で、この先、何冊まで続けられるのか、挑戦を続けたいと思います。

長距離ランニングの種目特性から、他のスポーツとの違いはありますが、日常的な練習やレース（大会・記録会）での傾向は共通的なものがあると思います。そこで、一スポーツマンの長距離ランナーとしての歩みを還暦目前まで辿ってみます。

1　体力・スポーツの能力が全盛期の20歳代・30歳代ランナー

20歳代の体力は旺盛で、長距離ランナーにおいても、トレーニングの成果がスムーズに発揮できる時期です。多くのランナーが全盛期を迎えます。トレーニングで筋力は付くし、走力は確実にアップします。多くのランナーが自己ベストを更新し、トレーニングもレースも楽しくなる時期です。またレースの経験を積んでいくと、レース中の駆け引き、ライバルとの競り合い、勝負所など、レースを苦しみの中で楽しみ、ゴールの感動を味わう醍醐味が増えます。とりわけ自分がそのレースを支配した時には、たまらないのです。私の経験では、疲労は20代まではその日に実感し、翌日は知らぬ間に回復していました。

マラソンの世界には、「距離は裏切らない」という定説があります。それは、長距離走競技において、練習でどれだけ距離を踏んだか、すなわち、走行距離にレース記録が比例する、という考えです。私も実感しています。1つの目安に、月間走行距離がありますが、月300kmの時よりも400km走り込んだ時の方が、レース記録がアップします。オリンピック選手レベルでは、月間1000kmの走り込みと聞くことがありますが、全盛期の現役バリバリの選手は走り込み三昧の日々なのです。私は市民ランナーですが、20代から30代前半にかけては、走行距離を延ばすことに取り組み、記録をアップさせました。

30代になると、翌日に疲労を感じるようになります。これは、体力やスポーツ習慣よりも、年齢による「新陳代謝」の変化によるものと思われます。そのためか、30代後半になってのオーバートレーニングは、走力の低下、慢性疲労、その先の故障につながるケースも多々あります。私もこの時期、腰痛が長引いたことがありました。充実した時期が続いてきた中での長引く故障などが原因で、気持ちが切れてしまいそうになることもあります。ここで切れてしまったランナーの中には、完全にランニングから離れてしまう人がいました。私の周囲にもそういう仲間がいて声をかけましたが、ランニングに嫌気がさしたり、それ以上に楽しいことが見つかったりして、去ってしまったのです。それまでのイメージの快走ができなくなってしまっている、現在の自分とのギャップがダメージになるようです。これも「燃え尽き症候群」の一種かもしれません。私も同様で最大のピンチが38歳の時訪れました。生活環境が変化し、体力低下、慢性疲労を抱え始め、一般または30

歳代部門での入賞が厳しくなり、ランニングを投げ出したくなった時がありました。それを救ってくれたのは、40代・50代の元気に活躍する先輩ランナーたちだったのです。中には還暦を越えた60代の大ベテランもいました。「40を前にもったいないよ。まだまだいけるさ。」「俺たちもまだ走り続けるから」などの激励の言葉に加えて、元気に何よりも楽しくランニングをする姿で教えてくれたのです。そこで、目前の40歳代を目標に走り続ける発想の切り替えができました。ある意味、開き直りの境地だったと振り返ります。

「破竹の勢い」

「若気の至り」

2　加齢を実感しながらも、スキルで持ち堪える40歳代ランナー

走り続けたお陰で、40歳代での入賞が励みと自信復活になり、何とかランニングへの情熱が維持できました。記録的には、若い頃には及びませんが、気持ちのゆとりを持ってトレーニングやレースを楽しめるようになりました。調子が良い時は、若者に挑戦してみるレースもありました。ただ、シューズは軽く薄いレーシングシューズから足を保護するセーフティーシューズに替え、寒い時期は体を冷やさないように長袖、手袋などのウェアにも気をつけるようにしました。また、私の場合40歳でトラック競技から引退することにしました。足に負担のかかるスパイクを履いて、トラックを周回してスピードを競うことは、無理がかかると判断したのです。多くの視線を集めるトラック周回のレースに、スピードダウンした自分が耐えられなくなったことが正直な所かもしれません。スピードに加え、フォームがぶれたり、気持ちが迷ったりしてしまってきた時に「eグリップ」と出会いました。それまでランニング雑誌で目にしていたグッズですが、その効果は疑っていまし

た。「グリップを握るだけで、フォームが改善されたりするのか…」と思いつつも、藁をもつかむ思いで購入して試しました。慣れてくると、手にフィットして、軽いウェイト代わりにもなり、腕振りがスムーズになり、ランニングフォームまでも安定するような気がしてきたのです。感覚のレベルだとは思いますが、一つ一つの動きがしっかりできる感じがありました。特にＬＳＤなどのロングランニングでは、すっかり馴染んで効果を実感しました。それから15年以上、愛用するまでになりました。行き詰まりを感じ新しい展開を考えているランナーにはオススメのグッズです。

しかし、再び40代後半にスランプが訪れ、迷いが出てきました。ある日のトレーニングで、準備運動不足も原因だったかもしれませんが、下り坂でふくらはぎに痛みが出ました。これは今までに経験したことのない痛みで、走り続けることができなくなり、家まで歩いて戻りました。スポーツ障害の本によると、肉離れのようでした。日常生活には問題はなかったものの、いざ走ると痛みが出るのです。少し良くなったかと思って走ると、また痛みが出るの繰り返しで、２か月ほど走り込みができませんでした。その間はウォーキングや補強運動でつなげたものの、そのブランクが走力低下を助長してしまったのです。

これで心機一転を図るとした区切りの50代への希望は、テンションダウンしてしまったのです…。

「四十肩に五十腰」

「四十の退き目」

3　もう「執念」で走り続けるしかない名実ともに50歳代「哀愁ランナー」

ロードワークの途中で、ショーウインドウに映る自分のランニングフォームをチェックすることがあります。その姿は、紛れもなく「哀愁ランナー」そのものに見えます。残念ですが、見栄を張らずに現実を受け止める心持ちになりました。その原因は、ふくらはぎの肉離れで、無理なトレーニングや距離の走り込みができなくなってしまい、50歳になったのを機に、30年出走し続けてきた駅伝から引退することにしました。大変残念ながら、

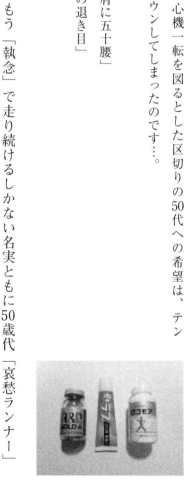

仕方ないことです。駅伝はチームワークのスポーツで、襷の重さと責任からどうしても無理をしてしまうのです。見ている方は、駅伝は実に面白く見応えのある競技で、日本人は特に好きなようですが、当の選手には過酷な世界なのです。私も身体面に加えて、若い選手と競うのは精神的にもきつくなってしまいました。ふくらはぎの保護のために、新しいグッズの「ふくらはぎサポーター」を履くようにしました。これは、最近では冬場のマラソンや駅伝中継の選手で見かけるようになってきています。圧力の差によって血液の流れをスムーズにする効果があるとも言われ、愛用者も増えているようです。レースの時だけでは違和感もあるので、私はトレーニングでも履くようにしています。その後は、ふくらはぎの肉離れは防止できています。40代のeグリップと共に、50代のランニングの救世主グッズとして感謝しています。しかし、長年の酷使のため消耗した全身にガタが来ているのも実感しています。距離をこなせない、足に力が入らない、息が上がってしまうなど、悔しいけれども明らかな走力ダウンの兆候なのです。少しランニングを休むのも回復の方法だと思いますが、ランニングを辞めてしまったら自分ではなくなってしまう恐れがあるのです。「走り続ける故に自分がある」をポリシーにしてきているので、簡単に妥協はできないのです。しかし、今は「執念」で走り続けている落ち目のマスターズランナーにしか映っていないでしょう。長い目で復活を期して取り組み始めたのが「体幹走」です。以前から紹介されていたものですが、ここ数年注目されてもいます。ぶれない体幹をもとに手足を振り子のように前に出す理論は理にかなっていて、確かに省エネ走法ではありますが、意識することが難しい。丹田に意識を向け、腕振りではなく肩甲骨を動かす、前傾した骨盤を動かすという、まさに骨格運動なのです。確かにハムストリングなどの大きな筋肉を活用できれば、持久力もアップするでしょう。意識できるまでのストレスも相当な覚悟をして取り組んでみたいです。

また、ラントレの疲労が加齢と共に抜けなくなってきました。気合いを入れた練習翌日は、全身疲労に襲われます。そのため、5年前から「リカバリープロテイン」を練習直後に飲用しています。タンパク質であるプロテインによる筋肉補修と共に、運動後の体のメンテナンス・疲労回復のための、糖質やビタミン（ビタミンC・ビタミンB群7種）などの成分が入っています。若いアスリートは、「ホエインプロテイン」で筋肉づくりに励みますが、50歳以降は、疲労回復に重点を置く方が良いと思って続けています。これらのサポートで50代終盤のランニングが充実できれば、夢のまた夢だった「還暦記念マラソン」参加を果たし、その後の「生涯ランナー」に向けての希望を持ち続けることができれば、日々の生活のアクセントとして走り続けられます。できることなら、人から「いぶし銀の走り」と言われるパフォーマンスを発揮したいと未だに思っています。体力とパワー旺盛の若い頃のようにではないが、「職人技」的な味のある走りをこれからもささやかながら目指したいのです。

また、走力の衰えから、生理学の「ルーの法則」をわきまえてトレーニングしなければならないと実感しています。それは「筋肉は適度に使うと発達し、使わなければ退化する。使いすぎれば障害を起こす」というものです。還暦60歳でスポーツを続ける人には身にしみることです。トレーニングを続けて、体力（ランナーなら記録）をいかにキープするかと、疲労回復と休養をどう取り入れ、故障を防ぐかが問われます。まさにせめぎ合いの日々です。年齢を考えれば、そんなにストイックになることはないという声も聞かれますが、還暦前にして、スポーツマンシップとアスリートポリシーの両面を考えると、悩ましい所なのです。

「年は寄れども心は寄らぬ」
「好きこそ物の上手なれ」
「年寄りの冷や水」
「年には勝てぬ」
「年は仇」

第6章 還暦とまさにその時

1　還暦と「記念同窓会」

私の地元の地方紙「山梨日日新聞」では、月に1回程度、同窓会特集の記事が載ります。最近の私は、その記事を楽しみにするようになりました。その理由は、私自身が還暦に関心を持つようになったからです。平成世代もありますが、その多くは昭和時代に学生生活を送った同窓会です。昭和

ご案内

20年代の中学同窓会は、「卒寿（80歳）」記念です。昭和30年代の小学校同窓会は、「喜寿（77歳）」です。昭和40年代の中学校同窓会は、「古希（70歳）」です。そうした中でも、「還暦記念同窓会」が一番多いのです。このことからも、還暦が人生の大きな節目であることが窺えます。他の年齢の区切りよりも同窓会を開きたくなる心情になるのではないでしょうか。

ある還暦同窓会の記事では、中学校卒業から同窓会を1度も開いていなくて、45年振りに再会した人がほとんどだったとのことです。全体の半数近い人数が集まったようですが、この「半数」はすごいことだと感じます。それだけ、45年の月日を超えた60歳還暦への思い入れや重さがあったからだと思います。当日、顔と名前が一致しない人が何人もいたというエピソードも、ならではのことと感じました。集合写真も掲載されていますが、皆さん笑顔で和やかな雰囲気が伝わってきます。見た目も若々しい人、年齢相応の人、少し年上に見える人と様々ですが、同級生、「同い年」ということだけで一体感が生まれます。一人一人が、それぞれの人生を歩み、特別な境遇や悩みを抱えながらも、集った人々はかけがえのない時間を過ごしたことでしょう。また、参加しなかった（できなかった）

半数の人にも、思いを馳せてしまいます。どんな事情があったのだろうか？　参加したくてもやむを得ない理由があったのか。同窓会案内があっても、はなから参加する気のなかった人もいたのでは…。60歳の分別のある年齢の人たちなので、私がどうこう言う筋合いはないのですが、同窓会は「参加することに意義がある」ようにも思えます。

私たちは現在、小学校卒業の同窓会を計画しています。名付けて「還暦記念小学校同窓会（卒業以来48年振りの初開催）」です。日時・会場は決め打ちで、２０２１年２月13日（土）12：00、会場は地元のお寿司屋です。先の話のようでも、日時・会場が決まっていれば、イメージが湧くし、モチベーションもあがるのでは、と発起人の私たちは目論んでいるのです（その思い通りにいくかは、分かりませんが…）。いずれにしても、目標的なものがあれば、それに向かってやるしかないのです。前述した同窓会の新聞記事から半数位の人が集まれば良いかと思います。案内ハガキのために住所を調べていますが、様々な事情で、住所不明の人が数人います。48年の間には、いろいろなことが起きていることを実感しています。できるだけ多くの人に案内はしたいと考えています。

再び還暦の余談ですが、最近の地元新聞で「還暦コンサート２０２０」の記事を見かけました。「♪私のハートはストップモーション」の桑江知子さんです。あの爽やかで華のある、レコード大賞新人賞を受賞した桑江さんが還暦なのです。記事の写真を見ると、60歳相応の姿でしたが、月日の早さを目の当たりにしました。

＊同窓会プログラム例

現在、私も幹事として同窓会のプログラムを構

【還暦記念同窓会】

19○○年　○○小学校卒業

〈次第〉

1. 幹事長の挨拶
2. 黙祷
3. 記念写真
4. 乾杯
5. 歓談①
6. 近況報告①
7. 歓談②
8. 近況報告②
9. 中締めの言葉お開き

幹事として心掛けたいことなど

＊まずは久し振りに集えたことに喜び共に健全に歳を重ねられることにただただ感謝の思い
＊座席は到着順に運命のくじ引きで
＊亡き友や恩師への思いを新たに
＊当日の内に配れるように
＊くじ引きによる指名で
＊何でもありのテーマで思いの丈を当時の思い出・現在のPR・老後の抱負など何でも
＊次回幹事長候補より

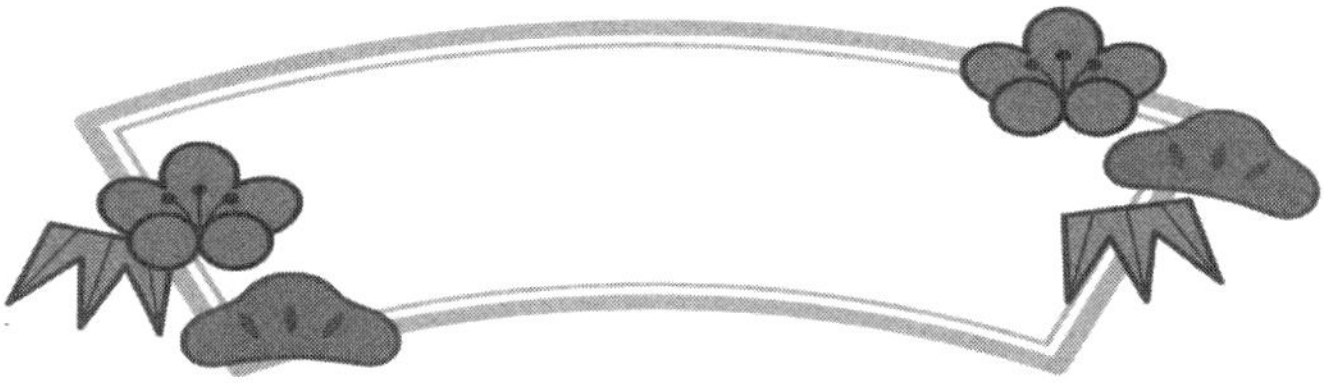

想しています。わざわざ足を運んでくれた仲間との貴重な時間を有意義に過ごせるように、和やかな機会となるように願いながら。

2　還暦の「品格」

還暦近くになると、年齢的には、親を見送る年齢になっています。私は父を38歳の時に見送りました。仕事にも慣れ、職場では中堅として機能できてきた頃でした。また、家族を持ち、子どもを育てながら、やっと一人前になれたかとも思う頃でした。今から振り返ると、その頃の言動はまだまだ若かったなあ、と反省したい程です。父は享年68歳でした（あと20年は長生きして欲しいと思いましたが、健康だった父も病には勝てず無念だったと思います）が、私はすでにその年齢に近付いているのです。「この歳なら、こんなものなのかなあ」と何となく自分で納得しようとしていますが、「品格」の言葉には、まだまだ縁遠いことは分かります。

今年になり、同級生の父親の葬儀に参列しました。喪主の同級生とは中学校卒業以来、44年振りの再会でした。彼は地元の同級生の出世頭で、医学部を卒業し、遠くの県外で医師をしています。会うことはなかったのですが、40歳を過ぎてから年賀状のやりとりを再開していました。その彼に再会した瞬間、「品格」を感じました。白髪が増え、それなりに年齢を重ねた外見でしたが、私よりもはるかに落ち着いた態度で、穏やかな表情をして、ゆったり会釈をする姿に、品格を感じました。医師という責任ある仕事を35年も続けてきた「自信・誇り」や「心のゆとり」から来ているものかと想像しました。「さすがだ、還暦を前にして、こうでなくっちゃ」と自己嫌悪になりかけました。このタイミングで、良いモデルに出会いました。

私は同年代の中では、体力に自信があり、人からは若く見られているのではないかと自負していたことが、恥ずかしく思えました。無理に若ぶったり、元気ぶったりすることもないかと思うようにもなりました。自分のアピールよりも、相手に年齢相応の品格を感じてもらえるような人にならなければ、と60歳還暦を目前にして気付きました。

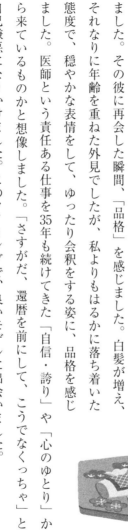

一般的には60歳にもなると、体力・気力の低下に加え、脳の老化など、さまざまな老化傾向への変化が表れます。これは誰もが抱える「宿命」と割り切り、60歳の今の自分に向き合い、現実を受け入れることがその後の人生の前提になると思います。私も最近では鏡で自分の顔を見る度に、「年を取ってしまったなあ」と一人で実感しています。顔に刻まれたシワや多くのシミからは、目を背けたくなりますが、「これが今の自分なんだ」と言い聞かせています。女性ほど敏感ではありませんが、学生時代の頃の肌つやがよく、エネルギーに満ちあふれている若さが懐かしくも羨ましくも感じてしまいます。

一方で、精神や人間性の面で考えてみると、人間の「器量」、むしろ「度量」の方が相応しい感じですが、それこそが問われるのではと思います。人間としての器量の意味は、「人の備えている才能・力量」とあります。度量は、「心が広く、人をよく受け入れる性質」とあります。器量が大きければ大きいほど度量は高まります。「包容力」という言葉もありますが、還暦の年齢では、この辺の資質が問われるような気がします。そういう私も度量十分ではありませんが、せめてその許容量をできるだけ大きくする努力をし、心掛けています。このギスギスした時代だからこそ、「どこまで人を許せますか」の問いに、

「相手の話をじっくり聞いて、共感できる範囲で許したい」と答えたいとは思っていますが…。目の前のこと、相手の態度、損得などを考えると、許せない部分が先行してしまいます。そこをどれだけ「大目に見る」ことができるか、60歳還暦には求められるような気もしてきます。前述の彼の「品格」にも繋がるような気がします。身の程をわきまえた言動を心掛けたいです。

「人を怨むより身を怨め」
「年が薬」
「年問わんより世を問え」

第7章　還暦以後の生活と「余生」

1　隠居生活

還暦後が長くなっているので、とても「残り少ない余生」とは言えない現実がありま す。本来、余生とは「残りの人生　老後の生涯」とあり、気長に安楽に余生を送るイメー ジですが、現在の状況からは、なかなか難しい部分もありそうです。決して安心できるも のではなさそうなのです。「隠居」とは一般的には「勤め・事業などの公の仕事を退いて、のんびりと暮らすこと」の意味ですが、もともとは「世俗を離れて山野などに閑居すること」の意味があります。私の、隠居のイメージは、後者の方ですが、それに関わる諺に「大隠は市に隠る」があります。「非凡な隠者は俗事に心を乱さないから、山野に隠れる必要もなく、市中に住んでいる」という意味で、理想的な隠居の姿にも思えてきます。しかし、なかなかその境地に辿り着かず、「大隠」にはなりきれない市井です。

仕事から離れるに伴い、人が離れていくことも多々あります。諺には「人の情けは世にある時」といって「社会的に活躍している時にはたくさんの人が好意を寄せるが、第一線から退いた後は潮の引くように離れていく」という意味です。そこの状態からの人間としての在り方が問われる面があります。仕事や損得を度外視した本来の人間性・人柄が見極められます。退職後は、自身の生き方そのもののスタンスの転換も求められます。

私は年齢的な目標を88歳米寿にしています。米寿祝いまでは元気で生き続けたい願いがあります。その間の病気や事故などを想定内として踏まえながら目標にしています。それまでは、還暦から28年あります。長い老後とイメージしていましたが、じっくり冷静に考えると、「頑張っても28年しかないのか…」と、案外、短いようにも思えてきました。それならば、今から5年までに何を、10年までに何を…。と計画を立てたくなりますが、本著の前半では「還暦以降は、自由に自分のやりたいことをやって、のんびり過ごす方が良いのでは」と提案しているので、矛盾してしまいます…。ここにきて何とも悩ましい状況になってしまいました。孔子の60歳「耳順」の境地とは、ほど遠い現実なのです。この立場になっても、バランス感覚は求められます。この歳になっても、時と場合によっては、弱気にならずに頑張ることもするけれど、無理はせずに、妥協はしながら、どこかに着地点を模索することになるのでしょう。

「実るほど頭を垂れる稲穂かな」
「人の己を知らざるを患えず　人を知らざるを患う」

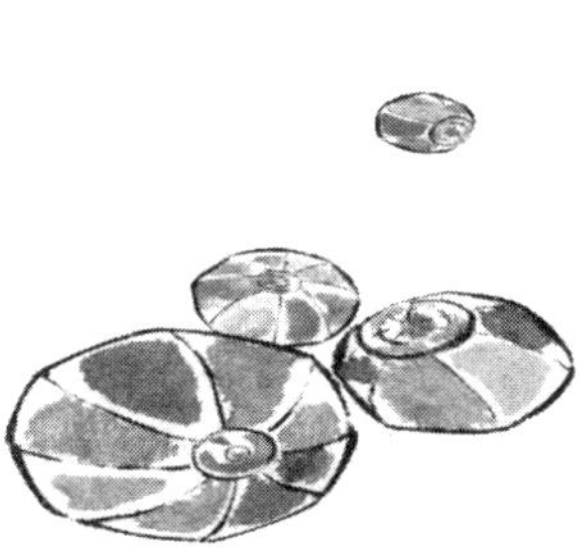

2　地球規模の脅威への覚悟

大袈裟に感じるテーマになりますが、還暦以後を過ごしていくにあたって、さらにに危惧される要因があります。その1つ目は、地球温暖化による「異常気象」です。「気候異変」とも呼ばれています。2つ目は、新たな「ウイルス感染症」などです。私たち世代が生まれた1960年代では考えられなかった事態です。目に見えない、音も出さない「脅威」が、人間に警鐘を鳴らしているように思えてなりません。人類の科学技術の発展とともに、物や便利さ、効率を追求してきた「ツケ」が回ってきたようにも思えます。もっと言えば、自然や地球が人類に試練を突きつけているようにも思えます。それは、地球上の一生物としての人間が、自分たちだけに都合のいいことを勝手にやり、その「域を逸脱」した結果ではないでしょうか…。

2020年に発生した「新型コロナウイルス感染症」は、「パンデミック（世界的大流行）」の危機に直面しています。この科学技術・医学などが進んだ人間社会が新型ウイルスを甘く見ていた結果とも言えそうです。中国の武漢に端を発した新型コロナウイルスは、中国全土、世界各国へ広がりました。日本へも同様です。その感染予防対策に当たっている人々の努力を越えて、日本全土への感染が時間の問題となっています。多くの人が集まるイベントやスポーツ行事などは自粛傾向になっています。実施の場合も、規模縮小や感染防止の対策を十分にして行うことになります。２月27日には、安倍首相が全国小中高校に「一斉休校」を要請しました。これは前代未聞の出来事です。政治判断とはいえ、突然の「３月２日から春休みになるまで臨時休校」の指示は、学校現場の驚き・困惑は当然ながら、家庭、職場など社会全体へ計り知れない影響が出ました。この２週間が感染拡大か収束かの分岐点と位置付けています。感染防止が最優先課題であり、これまで未経験の領域にどう対応すべきか、国民一人一人が他人事ではなく、自分のこととして受け止める必要があります。今回の事態の収束はまだ見えませんが、一日でも早く日常生活に戻る見通しが立つことを願うばかりです。幸い期間内に収束できれば、時間はかかっても、その期間の空白は順次回復できると思われます。今回の難題を国民全体で乗り越えることができれば、今後、すべての分野で生かしていくことができると思います。

気候異変については、直近の記録的「暖冬」を現在進行形で実感しているところです。前年の台風による日本各地での洪水災害、強風災害、長期停電などから、かつてはなかった竜巻警報をはじめ、日本のどこで災害が起こってもおかしくない状況になっています。どこが安全などという場所はなくなっています。気候も直接的に私たちの日常生活に影響を及ぼします。自分の居住地域から離れた場所での災害を、我が身のこととして受け止めることが求められています。具体的には、災害時の避難場所や避難方法、水や食料の確保、地域の共同体としての災害対策など、課題は山積しています。家族、隣近所、地域で日常的に話し合っておくことが重要ではないでしょうか。

私たちは還暦以後においても、こうした未曾有の脅威が迫ることを想定し、覚悟しながら日常生活を送ることになります。老後の新たな課題に加わりますが、命に直結する重要事態なので、行政や若い人などへの人任せにはできません。私のこととして受け止め、具体的にどう行動するかの備えを心掛けておく必要があります。

3　余生と終活

そうした中で、現在のはやり言葉になっている「終活」をどう受け止めるかも問題です。終活の辞書的意味は、「人生の終わりである死に向けて、事前に準備しておくこと」とあります。還暦の時点では、終活はまだ早いような気がしますが、還暦を機会に終活を勧める考え方もあります。今の時代、運悪く突然の事故や事件に巻き込まれ、命を失うリスクは大きくなっています。そのためではありませんが、死について考え、今のうちに何か形に残しておくことは有意義なことではないでしょうか。そういう私は、まだ「終活」開始に踏み切れない思いがあります。人生のピークは明らかに過ぎましたが、まだ「攻め」の姿勢や「チャレンジ精神」を持ち続けたいので、厄介な還暦かもしれません。

私の書棚の隅に、タイトル「MY Life（私の人生）」という野帳があります。

それは30歳の時に、生まれてからそれまでの人生の主立った出来事を記録にしたものです。1年は2行だけなので、入学・卒業・印象的な出来事くらいしか書けません。それ以後は、１年間を２行で書き足しています。今年で30年目になります。現在の２０１９年度には「真珠婚式・自治会会計・現職場勤務６年目・自宅築25年・免許更新・人間ドック」と記録されています。還暦を前に、本年度もいろいろなことがあり、何とか過ごすことができた、という思いです。ちなみに還暦を迎える２０２０年度には、「還暦・還暦同窓会・自治会副会長・職場６年目・マラソン60歳代デビュー・東京オリンピック開催」と鉛筆書きで記録されています。それ以降も、予想されることを鉛筆書きしていますが、その通りにいかないこともあります。それらが、２０４９年88歳「米寿」まで続いています。私の当面の生きる目標、生き続けたい願望は米寿までになっています。寿命ばかりは、自分では分かりませんが、自分なりの人生の到達地点に設定しています。ある意味、「My Life」は終活の一環になっているのかもしれません。

終活の具体的な内容としていくつか紹介されているものがあります。その辺の事情に関わるキーワードから、私が特に関心あるものについてふれたいと思います。

・身辺整理

以前、「断捨離」という言葉が流行しましたが、最低限必要なものだけで生活を送る前提となることです。これまでの半生の積み重ねの中で、多くのものが身の回りにありま す。財産としてのものから、「もったいない精神」からの「いつか使うだろう・役立つだろう」と思ってとっておいたものは少なくありません。還暦を機会に整理を始めるのも良いと思います。配偶者、子どもに分配するのも円満に繋がるのでは。

・後継者

退職年齢は近年の社会情勢の中で年金などとの関係から、65歳から70歳まで先延ばしをされる方向にあります。これにより一つの業種や専門分野により長く勤務した後、退職を迎えることになります。その間に自分の業務内容や専門技術などを引き継ぐ「後継者」を育てることも求められます。組織を持たない分野においては、さらに必要となります。信頼して任せられる「後継者」育成は、日頃の指導の積み重ねが問われます。

・遺言状

終活の一環として、還暦前後の世代にも遺言状のマニュアルが紹介されることがありま す。まだ早いと思われがちですが、現在の世の中では、明日の我が身はどうなるのか分からない面があります。偶然、命に関わる事故に出会わすことも巻き込まれることもあります。私も遺言状を書くにはためらいがありましたが、いつどうなるのか不確かな時代ゆえに考えようかなと思ったりもしています。

・遺産相続

テレビドラマのテーマにも多く取り上げられる一つです。前述したように、人間にはお金絡みのいざこざが付きまといます。それも人生終盤、死を迎えるまで欲が絡みます。当事者を差し置いた争いは醜いものですが、これも人間の性なのです。私の家系では、まず遺産の心配はないのですが、親の膨大な蓄えを知る方は円満解決の方向で進めて下さい。相続に関わっては、前述した本人の「遺言状」があればそれが尊重されますが、ドラマにあるように本人の人情や思い入れがあり、事態を複雑化させます。最終的には弁護士などの第三者に入ってもらうことになるようです。

・先祖供養

私たちが現世に生きていられるのは、代々の先祖が血を繋いできてくれたお陰でもあります。どこかの地点で途絶えていれば、私の存在はなかったのです。そのことから、常に先祖を敬い供養していくことは私たちの責任でもあります。若い時はあまり気にしませんでしたが、還暦に近付く年代になると、自然に仏壇に手を合わせたり、水を取り替えたりするようになりました。春と秋の彼岸はもちろんですが、日常的に家の仏壇に向かい先祖に手を合わせることは心掛けていたいものです。

私たちの心や気の緩みに警鐘を鳴らしたり、肝に銘じたりするような諺があります。

「備えあれば憂いなし」「足るを知る」

長い人生に続けることの大切さを教えてくれる諺

「千里の道も一歩から」「人の一生は重荷を負うて遠き道を行くが如し」

「継続は力なり」

失敗や過ちがあっても、人生何とかなり、前向きに生きていく勇気をもらえる諺もあります。

「渡る世間に鬼はなし」
「捨てる神もあれば拾う神もある」
「七転び八起き」「失敗は成功の母」
「禍を転じて福となす」
「人間万事塞翁が馬」
「明日は明日の風が吹く」「日々是好日」

私が考える人生の究極のテーマは、人間としての「豊かさとは」「幸福とは」に行き着くような気がします。私たちは日々の生活の中で、豊かさを求め、幸せの実感に向かって過ごしています。豊かさや幸福の捉え方は一人一人違っても、それが人生のテーマとして続きます。

エピローグ

これまで還暦に関わる事実や変化、事例、私の思いなどを綴ってきました。改めて全体を振り返ってみて、何を伝えたかったのか整理したいのですが、なかなか一言では語れない気がします。世間に数多く出回っている、いわゆる「啓発本」(「還暦までにしておくこと」「還暦後の過ごし方」など)では、有意義な充実した還暦前後の生き方を指南しています。それも成功事例として、ねらいを持ちながら計画的に活動したことで社会的評価を高めた、十分な社会貢献をしたなど、充実ぶりをアピールしています。しかし、現職バリバリの期間のように見通しや計画性を持たなくても良いのが還暦前後の特権のようにも感じてきました。何を以っての「有意義で充実した」のかの捉え方です。ガツガツ活動しなくても、心穏やかに、気持ちにゆとりを持って日々できることをして自分なりに過ごすことも、十分ありかなとも思えます。しかし、気張らずにリラックスして取り組めることとこそ還暦前後の特権のようにも思えます。

また、うまくいかなかった、こうすれば良かったというような「失敗談」の方が、かえって読者の参考になるのではとも思えてきました。人間は本来、失敗を繰り返し、その積み重ねの中で「何とかしよう」と日々、悪戦苦闘しています。還暦前後が特別ではなく、同様に試行錯誤の日々とも言えるのでは。いずれにしても、60年の歳月を生きたことは事実で、人生の節目として立ち止まって、改めて自分の足下から取り巻く周囲まで見渡す機会にしたいと思います。

そうは言っても、時間は無限ではありません。限られた時間をできる範囲で有効に過ごすことは必要だと思います。どの年齢でも「忙しい忙しい」と言う人がいますが、この漢字の語源は「忙＝心を失う。平静な心を失って、慌ただしい」です。生活していると何かと立て込むことはありますが、それをどう受け止めるのかの違いでしょうか。やはり、心を失わずに一つ一つ丁寧に解決していくことが大切だと思います。フランスの作家、ラ・ブリュイエールはこう言っています。「時間の使い方の最も下手なものが、まずその短さについて苦情を言う」。忙しいということは、することがたくさんあることですが、仕事などでも遅い人は、手からなかなか離れず忙しさが続いてしまいます。還暦後も生活のためにはいろいろありますが、「忙しい」の言葉から離れて、ゆったりした心持ちで過ごしたいものです。私自身も心掛けたいと思います。

還暦以後の私たち世代は、自己研鑽とともに、社会貢献・地域貢献など、人々のためになることを目指して残りの半生を生きていく使命を感じています。

エピローグのまとめとして、くしくも還暦から全国を巡りはじめ、各地に「微笑仏」を奉納してきた「木喰上人《もくじき》」の言葉を贈ります。

みな人の　心をまるくまんまるに
だれもかしこも　まるくまんまる

還暦に関心を持ち、本書に出会っていただいた一人一人の皆さんの、この先の半生の無事を祈るばかりです。共に日々、丁寧に暮らしていきましょう。

最後になりますが、本書の出版にご協力いただいた大学教育出版様、特に、執筆に際して助言をいただいた大学教育出版編集担当の中島美代子様に心より感謝致します。ありがとうございました。

2020年6月吉日

橘田重男

♪ 還暦オリジナル・テーマソング

〈その1〉

「笑顔日和」　作詞／作曲 ユーモラス橘　編曲 飯野尚久　歌 三科紗知

1　転んだ僕に　笑って手を差し伸べてくれた君
君の手のぬくもり　泥だらけの僕の手が今でも覚えてる
涙の私に　笑ってハンカチ出してくれた友
友の優しい目を　くしゃくしゃの私は　今でも
忘れない
※だから形なきものであればこそ　心を込めて
　思いを託す
きっときっときっと必ずいつの日か

笑って笑って笑って笑顔で語れるさ
その日を信じ歩き出す　笑顔日和

2　熱き思い　手を取り合ってはしゃいだ日々
日々の思い出たち　数え切れないけど　大切な宝物

※（繰り返し）

※（繰り返し）

〈その2〉

「あゝ　分水嶺」 作詞／作曲 ユーモラス橋　編曲 飯野尚久　歌 ユーモラス橋

1　見上げる雨粒一つ一つが　緑を潤し　命を育む　人もその恵みを受けながら
人生を歩む
この峠の稜線に立ち　思いを巡らせる
※西に流れれば日本海　東に流れれば太平洋
水の流れか悪戯か　あゝ　ここは分水嶺

2

滴が集まり沢を下る　大地を貫きやがて大河に

人もその姿に魅せられて　旅を続ける

行方知れない旅路の果てに　思いを馳せる日も

※（繰り返し）

※（繰り返し）

参考文献

第1章

『令和2年高島暦』高島暦出版本部　2020

『冠婚葬祭事典』清水勝美監修　成美堂出版　2003

第2章

『人間であること』時実利彦　岩波新書　1970

『50代から強く生きる法』佐藤伝　知的生き方文庫　2015

『未来の年表』河合雅司　講談社現代新書　2017

第3章

『論語』金谷治訳注　岩波文庫　1963

『定年バカ』勢古浩爾　SB新書　2017

第4章

『教育の段階』M・ドベス　堀尾輝久・斎藤佐和訳　岩波書店　1982

『ユーモア教育のすすめ』松岡武　教育出版　1985
『人間になれない子どもたち』清川輝基　枻出版社　2003
『社会人から大学教授になる方法』鷲田小彌太　PHP新書　2006

第5章

『40歳からの肉体改造』有吉与志恵　ちくま新書　2008
『体力の正体は筋肉』樋口満　集英社新書　2018
『老いない体のつくり方』満尾正　三笠書房　2016
『ランニング障害解決事典』小嵐正治　ランナーズ　2004

第6章

『57歳からの意識革命』石蔵文信　双葉新書　2013
『定年5年前』今野信雄　PHP文庫　1990

第7章

『定年後』加藤仁　岩波新書　2007
『定年後』楠木新　中公新書　2017

ユーモラス　橘《たちばな》
本名　橘田重男（kitta shigeo）
1961年 山梨県生まれ
上越教育大学大学院修了
山梨県公立小学校教員、信州豊南短期大学幼児教育学科教員を経て
現在、静岡福祉大学子ども学部子ども学科教員
専門分野　発達教育学　ユーモア学

【主な著書】
『ユーモアの感覚』V2ソリューション　2009
『保育・教育課程論』共著 保育出版社　2012
『かけがえのない幼少期』V2ソリューション　2014
『保育の内容と方法』共著　現代保育問題研究会　2018

【所属学会】
日本学校教育学会　日本保育学会　日本子ども学会
日本生活科総合的学習学会　日本雑草学会

【その他】
ライフワーク：ユーモアの感覚
You Tube ユーモラス橘

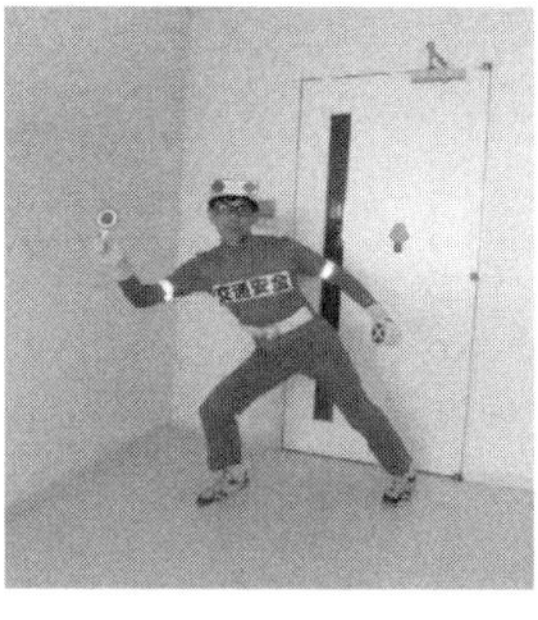

交通安全マン

自称：笑って走って歌う怪しいユーモリスト
座右の銘：笑う門には福来たる
長距離ランナー：走歴39年　フルマラソン2時間49分14秒・富士登山競走3時間19分17秒
シンガーソングライター：「ナンジャモンジャ」改め「ユーモラス橘」（ユーチューブ配信中）
代表曲「風土記の丘賛歌」「四尾連湖情歌」「テコレンジャー」「モロコシの唄」
変身キャラクター：テコ入れ戦隊「テコレンジャー」　雑草講座「草オジサン」
ゆるキャラ「コーンくん」　安全リーダー「交通安全マン」

【問合せ先】
「ユーモアファーム」（野草／薬草研究所）
Tel&Fax　055-266-4604
Email k.shigeo33@gmail.com
　　s-kitta@suw.ac.jp

＊本書の感想をお寄せ下さい。
＊学習会講師承り中！
テーマ例：ユーモア・発達教育・幼小連携・野草　他

コーン君

■著者紹介

橘田　重男（きつた　しげお）

1961年山梨県生まれ
上越教育大学大学院修了
現在、静岡福祉大学 子ども学部教員
専門分野 発達教育学 ユーモア学

還暦を考える
— 人生の「節目」とどう向き合うか —

2020年8月30日　初版第1刷発行

■著　　者——橘田重男
■発 行 者——佐藤　守
■発 行 所——株式会社 **大学教育出版**
〒700-0953　岡山市南区西市855-4
電話（086）244-1268　FAX（086）246-0294
■印刷製本——モリモト印刷㈱

ISBN978－4－86692－096－2